目　录

情感涟漪

黑白记忆

生活笔记

脚踏红尘

啼笑皆非

最具中学生人气的
微型小说名作选

轻轻地爱你一生

◎侯德云 著

东方出版社

图书在版编目(CIP)数据

轻轻地爱你一生/侯德云著. —北京:东方出版社,2008.4
(最具中学生人气的微型小说名作选)

ISBN 978-7-5060-3097-7

Ⅰ.轻… Ⅱ.侯… Ⅲ.小小说-作品集-中国-当代 Ⅳ.I247.8

中国版本图书馆 CIP 数据核字(2008)第 038509 号

轻轻地爱你一生
QINGQING DE AI NI YISHENG
侯德云 著

丛书策划:东 方
策划编辑:刘智宏
责任编辑:佘 娟
特约编辑:村 流
封面设计:红十月设计室
出版发行:東方出版社
地 址:北京朝阳门内大街 166 号
邮 编:100706
邮购电话:(010)65181955
印 刷:北京威远印刷厂
经 销:新华书店
版 次:2008 年 4 月第 1 版 2008 年 4 月北京第 2 次印刷
开 本:787 毫米×960 毫米 1/16
印 张:14
字 数:233 千字
书 号:ISBN 978-7-5060-3097-7
定 价:28.00 元

情感涟漪

轻轻地爱你一生

生活中往往会有很多意外，我的初恋就是这样。

开始的时候我并不知道，后来，后来我才明白，我的初恋其实是一条温情脉脉的通往失恋的道路。

另外，最让你想象不到的是，我的失恋是一朵最美丽的玫瑰。

我的初恋开始于高中的第一个学期。你会说，太早了，太早了。你这样说我很理解。很多人都会这样说的。如果你有幸见到她，你肯定就不会再这样说了。你会后悔的。你会后悔自己随随便便说了一句不负责任的话。

我心里慌慌的，不敢正眼看她。我不敢相信，尘世间的女子竟然真的可以拥有这样的容貌和神情，以及说话的声音，走路的姿态。

她把我的学习生活搞糟了，一团糟。但我一点儿也不怪她。要怪就怪我自己。甚至，我恨自己。恨自己以学生的身份走进她的生活。

她是我的老师，语文老师，而且是班主任。

她刚刚毕业于一所名牌大学。

我喜欢她，但我不敢说。她却先说了。

她说:“你的作文写得真好，我喜欢你。”

我的心一下子乱了起来。太突然了，我一点心理准备都没有。从她的办公室里走出来，我很想哭。

那时候，我不仅作文写得好，其他各科目的学习成绩也都很好。后来就不行了。第二学期，我的成绩下滑得厉害。不行，我学不下去。我吃不好饭，睡不好觉。在课堂上我什么也听不进去。我只能听见一种声音，她的声音。

她说:“我喜欢你。”

她说:“我喜欢你。”

我神不守舍的样子，一定让她觉察到了什么。她开始履行班主任的职责了。她一次又一次找我谈话。她追问我，她逼我。我什么也不说。低着头，红着脸，什么也不说。怎么回事怎么回事，你不知道是怎么回事么？我心里很难过，真的很难过。

最后一次她显然是生气了。是的，她很生气。

她说："你不要拿自己的前途开玩笑！"

她说："你是不是爱上了哪个女孩子？你说，她是谁?！"

听她这样说，我也很生气。我抬起头，看着她，看着她的眼睛。

我看着她的眼睛说："是你。我爱你！"

她愣住了。她流泪了。她的眼泪像露珠一样，在一朵水莲花的花瓣上滚动着，滚动着。

冬天陡然降临了，空气变得寒冷而沉重。我像一条不幸的鱼，被冻在冰中。我能看见爱情的方向，但我无法游动。

第二天，我收到她的一封信。是情书。

此后，我会经常收到她写来的信。都是情书。

她在信中告诉我，她喜欢我，她真的喜欢我，她希望我能考上一所名牌大学，如果我能考上，她会更加喜欢我，她会喜欢我一辈子。

我喜欢听她这样说。我也经常给她写信，我告诉她，我想到她的母校读大学，我一定要到她的母校读大学！

我的情绪渐渐稳定下来。到了高三，我已经是全校学习成绩最优秀的学生了。

我的作文也越写越好。我告诉她，将来，我想当一个作家。

她笑了。她笑起来的时候，很像是一朵在微风中轻轻摇摆的红玫瑰。

在那个阳光灿烂的夏天，我终于要到她的母校去读大学了。她兴高采烈地送我到车站。临上车的时候，她在我的脸上，轻轻地吻了一下。

我差一点晕倒在站台上。

我很快就知道，其实，在初恋刚刚开始的时候，我就已经失恋了。

我收到了她的信。很长很长的一封信，超过我的情感所能承受的长度。

她在信中告诉我，当初，我对她说我爱她的时候，她跟她的恋人正准备结婚。她的男友是她的大学同学。他们之间的感情很好。为了我，她推迟了婚期，一再推迟。她说服她的男友，不要到学校里去找她。她说，现在，她已经是一个幸福的新娘了。她请求我原谅她……

怎么是这样的呢？

我长叹一声，推开窗户仰望夜空。夜空里闪烁着明亮的北斗星。

应该是我请求她的原谅才对啊。

我度过了一个不眠的长夜。我的眼前，一直闪烁着明亮的北斗星。

她说:“请你不要伤心，我会轻轻地爱你，爱你一生。”

我也会。我也会用自己的一生轻轻地爱你。老师，你听见了么?

泉水的歌唱

在那个火热的夏天，一个更加火热的消息很快在村子里传开了：几天后，兰花花就要到城里上大学了！

兰花花在心里想，离开村子以前，肯定会有一个仪式的，肯定会有的，但她想不出仪式的具体内容。会不会像新娘出嫁那样呢？如果真是那样就好了，真是那样的话，她就可以……想到这里，兰花花的脸蛋儿红了，红得很厉害。

村名叫一滴泉。一滴泉村有一个习俗，谁家有了喜事，都要用泉水搞一个仪式。这个仪式的年龄比兰花花大很多。男娃子娶亲，新郎要用泉水洗脸洗头；女娃子出嫁，不光用泉水洗脸洗头，还要用泉水擦擦身子；谁家来了高贵的客人，要用泉水打一碗荷包蛋给客人吃。一滴泉村的泉水不是谁想用就能用的，必须要经过村委会批准才行。泉眼旁边有人白天晚上守护着，你去偷一滴试试，全村人会用唾沫星子喷死你个狗日的！

一滴泉村是一个极度缺水的地方，这里的人一辈子才能洗上两次澡：生下来的时候洗一次，死去的时候再洗一次。这里的人饮用的是雨水，家家户户的院子里都挖一个蓄水窖，下雨的时候，男女老少都喊着叫着冲进雨中，手忙脚乱地把雨水引到水窖里去。这里的人最盼望的一件事就是下雨，可狗日的老天爷偏偏不爱下雨！

跟周围的十里八村相比，一滴泉村还算是幸运的。村西头的山脚下，有一处长年不断的泉眼，一线亮晶晶的小水从石缝里渗出，亮晶晶地滴下来。让人遗憾的是，泉水滴得极慢，一滴，一滴，一滴，能急死他个干妹子。村里的小娃娃们常常聚到泉眼旁边看光景，一边看一边念叨着："一滴，一滴，一滴……"一滴泉的名字就是这样被念叨出来的。

一滴泉村的人喜欢扯开干燥的嗓门唱民歌，哀怨低回的拖腔，高亢嘹亮的呐喊，都在水边打转转。

“鸡蛋壳壳点灯半炕炕明，烧酒盅盅喝水不嫌哥哥穷……”

“墙头上跑马还嫌低，面对面睡觉还想你。把住妹子亲了个嘴，火辣辣的口中流清水……”

“百灵子过河沉不了底，三年两年忘不了你。有朝一日见了面，浑身上下都洗遍……”

信天游的旋律就这样长年累月在一滴泉村的各个角落里响起，让人听了心里酸溜溜的。

兰花花也爱唱歌，她唱的是流行歌曲：“我家住在黄土高坡，大风从坡上刮过……”

再过几天，再过几天兰花花就要离开故乡，到远方，到不缺水的地方，去学习，去生活了。兰花花的心情很激动。

一滴泉村的心情同样也很激动。兰花花是村子里走出去的第一个大学生，他们不能让她悄悄地走出去，他们要为她搞一个欢送仪式，村子里有史以来最隆重的一个欢送仪式。

村长召集一些人开会，商量了大半天，最后决定让兰花花洗一次澡，用一滴泉的水让她痛痛快快地洗一次澡。

村长在全村人面前说：“就是个这！咱一滴泉的女娃娃，不能让城里人笑话！”

兰花花不敢相信这是真的。她激动得浑身发抖，她激动得满脸都是泪花花。

仪式在村子里的一棵老槐树下举行。村长派人在老槐树下围了一道篱笆墙，篱笆墙上搭一条雪白的毛巾，篱笆墙里放着一桶清清的泉水和一块香皂。

仪式开始了。村长领着兰花花站在树下，全村的人都围在四周看着他们。

村长说：“跑。”

兰花花和村长一起跑了起来。他们跑出很远很远，又从很远很远的地方跑了回来。

跑到老槐树下的时候，兰花花已是满身大汗，村长也是满身大汗。

村长对围观的人群说：“汉子们都把身子转过去！”

全村的男人都背过了身子。

村长把毛巾递给妇女主任，对她说：“你给咱娃儿搓。”

妇女主任扭头看着兰花花，兰花花站在那里一动不动。妇女主任笑了。妇女主任笑着对村长说："你也是条汉子，你咋不转过身去?"

全村人都嘻嘻地笑了起来。村长不好意思地挠了挠自己的耳朵，红着脸膛走到一边去了。

只有兰花花没笑。她默默地走进篱笆墙，默默地褪掉身上的衣裳。

用毛巾在汗津津的身体上细细地搓一遍，然后用香皂，用清清的泉水，柔柔地洗。当兰花花穿好衣裳走出篱笆墙的时候，全村人都惊呆了，他们从来没见过这么漂亮的女娃子。

先是村长放开了喉咙唱，紧接着全村人都放开了喉咙唱："……一十三省的姑娘哟，数咱兰花花好……"

兰花花始终没说一句话。清凉的泉水浇到她身上的那一刻，她哭了。她一直在哭，不出声地哭。仪式结束的时候，村子里几乎所有的女人都哭了。

握 手

都说女大十八变，可谁也没有春玉的变化大。沧海变桑田，或者说，是桑田变沧海了。认不出来。把孙大圣的眼睛借给你，恐怕也认不出来。很多人都还记得她过去的模样。往远处说，小姑娘的时候，春玉并不出奇，小脸小眼小鼻子，身子单薄，连眼皮也是单的。往近处说，上次见到她的时候，也没有现在这样漂亮，绝对没有。脸蛋大了，眼睛大了，鼻子也大了，还是双眼皮，但有一样，没有现在白。是大学生了，见人还羞涩。没等开口说话，眼皮先垂下来了，脸也红了，两只手没处放，剪在一起拧麻花。有一年多没看见她了，据她爸王老好说，她是利用假期到哪儿当志愿者去了。村里人不知道“志愿者”是个啥东西，但春玉寒假和暑假都没回家他们是知道的。现在好了，春玉大学毕业了，听说在县政府上班。从县城到村子里，坐汽车还不到一个小时，不远，再不回家看看，说不过去了。

春玉终于回来了。一群人眼看着她一步一步走进村子，却没有一个人能认出她是谁。连她爸王老好也没有认出来。他们都在心里纳闷呢，这是谁家的闺女呀，长发飘飘的，脸蛋白白的，像是从挂历上走下来的，像是从电影里走出来的，像是从电视化妆品广告里走出来的，这是谁呀？直到春玉走到王老好面前亲热地叫了一声“爸”，人群才恍然大悟，哎呀呀，是春玉姑娘，是春玉姑娘回来啦。

春玉姑娘落落大方地跟所有人打招呼。春玉说：“大家好。”不卑不亢的，见过大世面的样子。这种印象让“大家”都感到有些自愧不如。连村支部书记老吴和村委会主任老刘也感受到了这一点。看到老吴，春玉叫了一声“吴书记”，然后伸出一只手，要跟老吴握手。老吴愣了一下，很快明白过来，赶紧把自己的一只黑乎乎的糙手迎上去，很严肃地握了。接下来，春玉跟“刘主任”也握了手。看把老吴老刘两个老鬼乐的，嘴角都裂到耳朵眼里去了，满脸都是牙。王老好看到女儿回家了，也乐，却说不出话，一个劲地搓手，一个劲地搓手。

老吴和老刘经过研究，郑重地做出一个决定，由村委会做东，接待“县政府领导”春玉，王老好“作陪”，地点定在镇里的永春酒店。春玉不想去，王老好的眼神不对了，冲着春玉发射了一连串的感叹号。春玉想了想，点头了，去吧，去。老吴和老刘两个老鬼再次把嘴角裂到耳朵眼里去了，满脸都是牙。

春玉滴酒不沾,老吴和老刘喝,王老好陪着喝。老吴和老刘用心也用力了，满满一桌子的菜，连凉拌海参都上了，丰盛得很。王老好这辈子从来没吃过这么多的好菜，鼓起腮帮子猛嚼。老吴和老刘很少吃菜。他们挖空心思跟春玉拉话，不管春玉说了啥，他们都嘿嘿地乐，很好听的样子。还时常用眼角梢着春玉，梢一眼喝一杯，再梢一眼再喝一杯，很快就醉了。王老好也醉了，絮絮叨叨、反反复复地说：“春玉呀春玉，你给你爸长脸啦。”

吃饱喝足，老吴和老刘摇摇晃晃，坚持要把春玉送回家，不让送不行。春玉是个知书达理的人，在自家门口，又一次跟“吴书记”和“刘主任”握了手，还客客气气说了声“再见”。

随后的几天，村子里的焦点话题主要集中在春玉身上。说春玉的相貌，说春玉的做派，说春玉说话的声音，说春玉的工作，能说的都说了。他们不知道春玉用什么牌子的卫生巾，要是知道的话，也会说出来的。总之，是说好话的多。有羡慕的成分，也有嫉妒的成分。回头再看自家的女儿，不顺眼了，“白吃粮食的货，连人家春玉的一个脚趾头都不如”。当然，也有个别说怪话的，说春玉眼皮向上，眼里只有当官的，没有人民群众。说春玉只跟“吴书记”和“刘主任”握手，不跟人民群众握手，“连他爸王老好的手都不握”，这是什么？这是不孝！此言一出，马上有人出面反驳了，说你看见谁家的女儿跟他爸握手？扯淡嘛。

老吴和老刘也加入到谈话的队伍里来了。他们不说别的，专门说春玉的手，这就别致了，与众不同了。他们说，春玉的手，人间少有。看起来像玉，握上去的感觉就不是玉了。热乎乎的，软绵绵的，还滑溜溜的，仙女的手又能怎样？不过如此嘛。老吴说：“热乎乎的，像被窝一样；软绵绵的，像海绵一样……”没等说完，老刘赶紧接上话茬，说：“滑溜溜的，像奶油一样。”接着两个人都严肃地指出，他们都跟春玉握过手，所以，他们是“最有发言权的”。老吴把两个手指头抬到肩膀的高度，不停地晃动，说：“两次！”老刘也把两个手指头抬到肩膀的高度，不停地晃动，说：“两次！”

意思是告诉人民群众，他们都跟春玉握过两次手。两个老鬼都做出陶醉的样子，整个人漂浮起来了，不是仙境胜似仙境，同时又回味无穷。

老吴和老刘的联袂演讲，让村里的很多人都心跳加快，特别是那些年轻的毛头小伙子，他们眼里冒火，嗓子眼发干，连吞口唾沫都困难。反应最重的要算高中毕业生徐大龙。读高中的时候，徐大龙跟春玉是一个班的同学，曾经对春玉动过心思。春玉的态度是:“我们年龄还小，不应该考虑这方面的事，应该把精力都用在学习上。”人家春玉果然把精力都用在学习上，很顺利地考上了大学。徐大龙呢，没把精力都用在学习上，结果落榜了。徐大龙知道，人家春玉以前没有搭理他，现在就更不会搭理他了。他的心思早就死了，只是死得不够彻底，还有那么一点儿不甘心。徐大龙心说，无论如何，也要想办法跟春玉握握手，一次也行，只要握过一次，这辈子就没有什么遗憾了。可怎么能握上手呢？他既不是村支部书记，也不是村委会主任，人家春玉怎么会跟他握手呢？这样一想，徐大龙的心一点点凉了，从头发梢一直凉到了脚后跟。

好消息很快就传来了。对于徐大龙来说，这无疑是“山重水复疑无路，柳暗花明又一村”。老实巴交的徐二蔫去县城串亲戚，回来说，他在县政府门口看见春玉，还没说话，人家春玉就笑着跟他握手了。徐大龙说:“真的?”徐二蔫说:“真的!”徐大龙信了。徐二蔫是他的亲叔叔，他没有理由不相信叔叔的话。徐二蔫告诉徐大龙，他还给了春玉几棒青玉米。春玉很高兴，说她最爱吃青玉米。

第二天一大早，徐大龙就坐上了开往县城的汽车，随身带了满满一袋子青玉米。他要到县城跟春玉握手去了。他的心怦怦地跳着，越是靠近县城，心跳越是厉害。他不敢张嘴，他怕一张嘴，心脏就会从嘴里跳出来。

蜂窝煤有几个眼儿?

用李翠芳她奶奶的话说，李翠芳这个小丫头片子小时候是吃过苦的。

李翠芳长到20岁，出落成了大姑娘，在她奶奶嘴里仍然是个“小丫头片子”。长到40岁，脸上的青春一天比一天少了，在她奶奶嘴里也还是个“小丫头片子”。

奶奶临终前，伸出颤巍巍的手，摸着李翠芳的额头，用沙哑的声音说:“小丫头片子，你还记得蜂窝煤有几个眼儿么?”

小丫头片子用力点了点头，然后哇的一声大哭起来。

奶奶脸上绽出了一抹苍白的笑容，然后慢慢地闭上了眼睛。李翠芳这个小丫头片子还记得蜂窝煤有几个眼儿，她可以放心地去了。

小丫头片子小时候的确是吃过苦的。5岁那年死了母亲，12岁那年又死了父亲和爷爷。她是在奶奶身边长大的。奶奶一个人家里家外忙不过来，有些家务活自然要落到她头上。让她最头疼的是冬天用蜂窝煤生火做饭。经常点不着火，还弄得满屋子都是烟，把两只漂亮的小眼睛熏得像山里红似的。

奶奶经常把小丫头片子搂在怀里，摸着她的额头，说一声:“小丫头片子，我的小可怜儿。”

小丫头片子一天天长大，家务活也一天比一天做得好。用蜂窝煤生火做饭不再是难事了。让奶奶吃惊的是，她竟然能自己用煤面子做蜂窝煤。真是不容易。

小丫头片子长到20岁，出落成一个水灵灵的大姑娘。参加工作没几天，追求她的小伙子就缠得她走路迈不开腿。她喜欢上了其中的一个，拿着小伙子的照片回家问奶奶。奶奶冷着脸说:“你去问问他，蜂窝煤有几个眼儿。”

小丫头片子很听话，羞着脸儿去问了。小伙子吭哧了半天答不上来。那时候，城里已经不用蜂窝煤了，做饭用的是液化气儿，取暖用的是暖气儿，你让小伙子上哪找蜂窝煤数眼儿去？

小丫头片子回家告诉奶奶，奶奶的脸子更冷了，说："不行！"

过了几个月，小丫头片子又喜欢上了一个小伙子。奶奶还是让她去问蜂窝煤几个眼儿。这一次，小伙子答上来了。

小伙子说："大的18个眼儿，小的12个眼儿。"

小丫头片子笑了。回家告诉奶奶，奶奶也笑了。

奶奶说："找个吃过苦的人心里踏实，你跟他好好处吧。"

小丫头片子这才明白，奶奶的意思，是让他找一个吃过苦的小伙子作男朋友。

好好处吧。处了两年，小丫头片子感觉非常快乐，跟奶奶商量，奶奶说："商量什么，还不赶紧嫁给他！"

出嫁以后，小丫头片子觉得更快乐了。晚上躺在丈夫怀里，流着眼泪说："我后悔没有早点嫁给你。"

小丫头片子40岁那年，平静的生活突然被一个从天而降的问号打破了。一个打扮得很摩登的女子，在单位门口堵住了她，跟她提出了一个相当严肃的问题。

摩登女子对小丫头片子说："我要嫁给你丈夫，你同意么？"

小丫头片子没想到有人会向她提出这样的问题，她觉得地球突然加快了转动的速度，头晕目眩的，几乎站立不住。

摩登女继续说："我比你年轻，也比你漂亮，你丈夫肯定会选择我，你识趣一点，跟他离婚吧。"

随便说一句，小丫头片子的丈夫长得很帅气，谈吐也幽默风趣，在文艺方面有些特长，调到电视台工作多年，整天跟演艺界的男男女女打交道，得到一两个另类女子的爱慕也算是正常的吧。

小丫头片子想到刚刚去世的奶奶说过的话，很快镇静下来。

小丫头片子说："你回答我一个问题，能答上来，我明天就离婚。答不上来，你离我丈夫远一点儿。"

摩登女像外国人那样耸了耸肩膀，接着又点了点头。

小丫头片子说："你知道蜂窝煤有几个眼儿？"

摩登女愣住了，脸色由白变红，又由红变白，像变色龙一样。

打败了变色龙，小丫头片子回到家里，看到跟丈夫的新婚合影，伤心得大哭起来，比奶奶去世的时候哭得还凶。

哭过了，小丫头片子又看着照片上年轻的丈夫，轻轻地说：“你知道蜂窝煤有几个眼儿？”

说完，小丫头片子突然扑哧一声笑了。她笑得很美很天真，一点都不像40岁的样子。

歪柳

肯定是一场大风惹的祸。

村东头的那棵老柳，从两米多高的河堤倒向水面，静静地歪在那里，像是在思考着什么。

村里人都叫它歪柳。

很多年了，歪柳一直歪着。它太老了，浑身没有一点力气，再也站不起来了。或者，它可能把生活中的把戏都琢磨透了，觉得这样歪着，也是一种挺不错的活法。

村子里的人，却总是喜欢直着腰板堂堂正正地活着。难免会有几场大风把他们中的某些人刮歪，可他们总要想方设法再把身板弄直，否则，一辈子只能低着头走路了。

谁也不愿意一辈子低着头走路，你说是不是?

福海大概就是这样一个人。

福海从城里回来，抬头挺胸在村子里走来走去，牛气得很。大伙儿看他的眼色都变了，红的，绿的，蓝的，异彩纷呈。

福海在城里的几年究竟搞了些啥名堂，村里人谁也不知道。问他，他什么也不说，一脸高深莫测。

但有些事大伙儿还是看明白了：福海这东西是发了财回来的。怎么说呢？有以下事实为证：福海回来没多久，就盖起了四间大瓦房；福海找到水珠她爹，摔出两万块钱，说是要娶水珠做老婆；水珠她爹乐得屁颠屁颠，当天中午就醉得一塌糊涂。

不少人认为福海有点反常。水珠是有了主的人了，她跟春生相好谁不知道？两个小人儿整天黏黏糊糊往一起凑，还经常在歪柳那疙瘩练习亲嘴，被人撞见好几回了。老辈人留下一句话，“宁拆十座庙，不拆一家婚”，福海这是要犯哪门子神经？难道仅仅由于水珠是村子里最漂亮的姑娘吗？

好心人去劝福海，福海却说：“我就是要娶水珠，她要是没主儿我还不要她呢。”

这话很快就通过众人的嘴在村子里传来传去，听到这话的人心里都有点发紧。

有人想起来了，说福海从城里回来那天，在歪柳树下跪了足有两袋烟的工夫，不知道是为了个啥。

有人还想起来了，三年前，福海离开村子那天，不是也在歪柳树下跪了两袋烟的工夫么？

三年前还有些事儿大伙心里也都清楚。

那时候，福海和玲儿相好。两个小人儿很像今天的春生和水珠，整天黏黏糊糊往一起凑，也经常在歪柳那疙瘩练习亲嘴。后来，玲儿却嫁了个开豆腐坊的。玲儿她爹逼着，没办法。福海和玲儿两个人抱着歪柳哭了整整一个晚上，全村人都听得见。

把这些事前后联系起来，村里人的脸就有点苍白，怕是又要出点什么事吧？

事实却大大出乎人们的预料。很快，福海和水珠就办了一场规模空前的婚礼。人们偷偷看水珠，发现水珠满脸喜色，好像并没有哭过。

春生离开了村子，临走前发了个誓：三年后回来，一定要盖八间大瓦房，娶一个比水珠更漂亮的女人做老婆。

婚礼上的福海倒是显得有点晦气。

大喜之夜，几个好事的年轻人偷偷来“听房”，却听见福海和水珠正在屋子里拌嘴。

福海说：“昨晚，你和春生怎么不哭一哭呢？我在歪柳那儿等了一夜，你们也没来。真他妈的太不像话了。”

水珠说：“有什么好哭的？你比春生有钱，我偷着乐还来不及呢。”

福海说：“你们不哭，我心里这口气怎么咽得下去?!”

接着，传出一声爆响，像是碎了一只碗。

此后，人们觉得福海在村子里走路的姿势跟刚回来的时候有很大不同，怎么看都显得有点歪。

20颗水果糖

我喜欢在黄昏时分，沿着一条弯曲的小路，在夏天的田野上随意游荡。这是我整个身心都特别放松的时刻，是我一天当中最好的休息。

我的朋友们都知道，两年以前，我在城郊的一个小村庄里租了三间农舍安心写作。但他们并不知道，在此期间，我曾经跟村里一个面容姣好的少女有过一段短暂的交往。现在我想说说这件事，说说那位与众不同的少女是怎样轻轻拨动了我心灵的琴弦。

那个黄昏与别的黄昏没有什么不同。我信步走出农舍，沿着太阳河西岸的一条杂草丛生的小径一直向北，穿过杨树林，穿过苹果园，穿过茂盛的玉米地，走到了一座红砖厂。我知道，我已经走出很远了。这是我散步时从来没有到达过的地方。我不喜欢这样的地方。在我看来，这个不起眼的红砖厂，跟所有的大大小小的城市一样，都是地球身上的疤痕。我正想离开这里，却被一声清脆的喊叫挽留住了。我看见一个满脸通红的女孩子向我跑了过来。

女孩子跑到我身边，气喘吁吁地说："叔叔，你要买砖吗？"

我摇了摇头，说："不，我只是随便转转。"

我看见女孩子突然睁大了眼睛。她说："叔叔，怎么是你？"

我愣了一下，说："你认识我？"

她笑了。她笑着说："你是作家！"

我说："那么，你是谁呢？"

通过交谈，我知道了她是邻居家的女孩子，小名叫菱子，就住在我的房后。让我感到奇怪的是，我在村子里住了那么久，竟然没有见过她。菱子说，她经常看见我在村子里走来走去，只是从来没有认真地看过她一眼。是这样吗？我不好意思地笑了笑。

菱子还告诉我，过了暑假，她就要到县城读重点高中了。可惜，她的家境不是很富裕，学费到现在还没有凑齐。不得已，她只好到红砖厂当搬运工，计件工资，搬一块砖能挣一分钱。

说到这里，菱子把双手朝我面前一扬，说："叔叔你看！"

我看见了。我看见她的两只小手上面布满了红色的斑点，像玫瑰的花瓣一样。小时候，我在老家的海滩上挖沙蚕，双手也曾经被磨成这个样子。

我的心情渐渐地沉重下来。我说："你的学费，还差多少呢？"

菱子说："还差500元。"

我说："现在离开学，还有多少天呢？"

菱子说："20天。"

我的心情更加沉重了。20天的时间，她要用自己的一双小手一分钱一分钱搬出500元来，谈何容易。这样的工作量，让我这个握惯了笔杆子的成年人去做，也未必能吃得消，何况是一个花蕾般的少女。

我望着天边的最后一抹晚霞，重重地叹了一口气。

菱子说："叔叔，你怎么啦？"

我摇了摇头说："天快黑了，不会有人来买砖了，咱们回家吧。"

我和菱子是沿着大路回家的。大路比小路要远得多。路上，我把自己打算帮助她的想法说了，却遭到了她的拒绝。

菱子说："叔叔，我不能要你的钱，我自己能挣。"

菱子说："叔叔，人生还长着呢，我必须学会自己挣钱才行。"

这是一个很要强的女孩子，我怎么好勉强她呢？

到了村口，天色已经完全黑了下来。村头的向阳杂货店亮着耀眼的灯光，看着这耀眼的灯光，我突然想起了什么，扭头对菱子说："你在这等我一会儿好吗？我买点东西就出来。"

出了杂货店，我把两副线手套和20颗水果糖交给了菱子。

我说："菱子，这是我送给你的一点小礼物，你一定要收下。"

菱子用力点了点头。

我继续说："菱子，水果糖你每天吃一颗。我想让你记住，对你来说，这是一段苦中有甜的日子。"

菱子再一次用力点了点头。

两年后的今天，我收到了菱子的一封来信，信中提到了我曾经送给她的那20颗水果糖。

菱子说："叔叔，从那时起，我过的每一天，都很甜很甜。"

大个子知青

是秋天的时候。玉米成熟了，劳作了一年的庄稼人对玉米的渴望也成熟了。在玉米收割前那一段短暂的时间，我看到的所有面孔都是饱满的，像玉米的颗粒一样散发着金色的光泽。

那时候，经常有一个高大的身影在我家里进进出出。

很多年过去了，每到秋天，我都能感觉到有一个高大的身影在我老家那几间低矮的平房里进进出出。

那个高大的身影不属于我们的村庄。他是从遥远的大城市来的，到我们那里“扎根农村闹革命”。同时到来的，还有男男女女的一大群，都很年轻。他们拥有一个让人羡慕的名字——知识青年。当时，我的两个哥哥也是青年，但没有“知识”，所以在他们面前，腰杆总是不敢挺得很直。

我不知道那个高大的身影叫什么名字，我总是叫他大个子知青。我们全家人都叫他大个子知青。我不会忘记，每次他走进或走出我的家门，都要把头狠狠地低下来才行。他的个子太高了，村子里没人能比得上。只是太瘦了，像一根玉米秸。他的饭量很大，几乎每天都吃不饱肚子。知识青年跟庄稼人在这一点上是平等的，每年的口粮都有固定的指标，多吃一口是绝对不行的。

玉米成熟的时候，是大个子知青最为幸福的时刻。他频频到我家里来，主要原因是我家紧挨着生产队的一块玉米地。

大个子知青大大咧咧走进了玉米地，噼噼啪啪地掰玉米。每次都掰很多玉米棒子。我大哥站在玉米地边上，笑眯眯地看着他。大哥对这种明目张胆的偷盗行为是保持中立态度的，既不支持也不反对。在大哥看来，类似于偷玉米的这种事，必须在夜色的掩护之下才能进行。所以，每个白天，大哥都是一个遵纪守法的好社员。

等大个子知青呼哧呼哧把玉米棒子抱进家门，大哥把门严严实实关紧，插上门闩，才伸胳膊撸袖子跟着忙活上了。先要把玉米的颗粒剥下来，然后生火炒玉米。炒完一锅再炒一锅，直到把偷来的玉米炒完为止。有时候，还要在里边加一点儿黄豆。黄豆当然也是从生产队的庄稼地里弄来的。我喜欢炒黄豆，很香，很好吃。

赶上我在家，大个子知青总要摸摸我的头，把炒好的玉米装进我的衣兜。两个衣兜都装满。然后从身上抽出一个面袋，把玉米装进去，扛在肩上，大步流星走出去。剩下的那些，就留给我们家了。如果不是这样，大哥恐怕也不会那么热心地配合他。

有时候我在街上玩儿，半上午或者半下午，远远看见自家的烟囱摇摇摆摆地往外冒烟，就会赶紧跑回家。我知道，大个子知青肯定在我家里。

在我记忆中的那个秋天，大个子知青跟我大哥之间的关系非常密切，他们成了要好的朋友。

第二年春天，大个子知青果断地跟陆地划清了界限，到生产队的一条渔船上当船员。大哥当时是那条渔船的船长。当船员要苦一些，累一些，但挣的工分要高一些，最重要的是能吃饱肚子。船上打的鱼呀虾呀，挑最好的，一小锅一小锅炖了煮了，随便吃，能吃多少吃多少。

大哥跟我说过，大个子知青刚上船的时候遭老鼻子罪了，晕船晕得厉害，张开大嘴一个劲地吐，连苦胆都吐出来了。就这样，还是不肯下船。坚持了一个月，好了，不晕船了，还能站在船板上唱歌儿，唱的是《大海航行靠舵手》。大哥最喜欢听他唱这首歌，一再说，唱得好唱得好。大哥是船长，同时也是那条渔船上的舵手。

成了渔民的大个子知青还是经常到我家里来，不过很少再去偷玉米了。他的脸上是古铜的颜色，不过比以前稍稍胖了些，精神头儿也比以前好多了。

村子里有个名叫大妞的女青年以前跟大个子知青相好，大妞她爹知道了，把大妞一顿臭骂，说那个东西连自己的肚子都顾不住，怎么能养活你？大个子知青知道了这事，想想，也真是的，就主动跟大妞断了关系。成了渔民以后，吃饱肚子已经不是问题了，他又想起了大妞。年底分红，他有了钱，到皮口镇的商店里给大妞买了一枚红发卡。可惜，没等他把红发卡送给大妞，上面来了政策，知识青年可以返城了。

他坐在我家的炕沿上，卷着喇叭口老旱烟，抽了一顿饭的工夫，什么也没说，起身走了。临走时，他把红发卡送给了我。

不久以后，大个子知青回到了城市。回城的头两年，偶尔会给大哥写封信，告诉大哥他在城里的一些情况。渐渐地，就没有了消息。

后来我把那个红发卡送给了大妞，说是大个子知青让我送给她的。接过红发卡，大妞哭了，身子一抖一抖的。直到她结婚的时候，还把红发卡戴在头上。

白姑娘

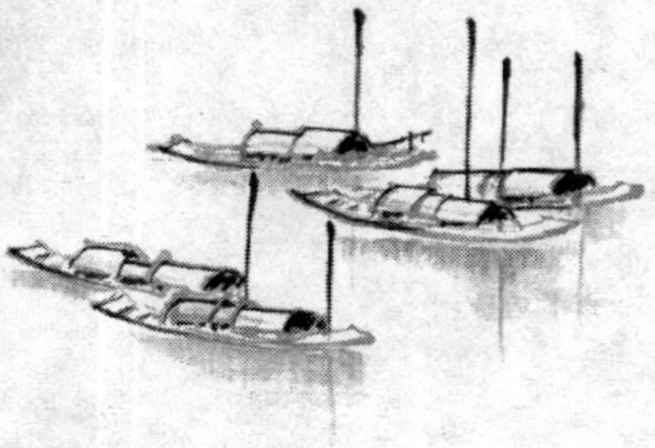

白姑娘是一个传奇人物。用我们《复县志略》上的话说，是“奇而正，正而奇”。我是一个愚笨的人，只从白姑娘身上看到了“奇”，却不知道“正”在哪里。

白姑娘的名声曾经是非常响亮的。在我老家的小村子里非常响亮，在我们复县也非常响亮。不过，那已经是百年前的事了，现在知道白姑娘的人大概已经不多了吧。

白姑娘的名声是仰仗“女流之贞节”响起来的。说来也是，一个农家小女子，像溪流里的小鱼儿一样，用尽全身的力气，能翻起多大的浪花？靠别的途径根本不行，只能依靠自己的身体。古人说得好，“失节易，守节难”嘛。能把这个难题解决掉，你想不出名都不行。总会有一群装腔作势的臭男人想方设法地表扬你，甚至还要想方设法给你立个贞节牌坊啥的。当然也有走另外一个极端的，也能出名，比如陈圆圆，比如李师师。总之一句话，旧时代的女人想出名，总要在自己的身体上大做文章才行。

那时候，我们村里有个叫黄大中的老秀才，为白姑娘写过一首诗，最后两句是:“炳哉丹心，照耀千古。”

我们现在就来看看白姑娘“照耀千古”的先进事迹吧。

白姑娘十九岁那年，经媒人撮合，订了一个婆家。自从有了这档子事，白姑娘的小脸整天都红扑扑的，越是临近婚期，她的小脸就越红。不光是脸红，心里还揣了一个小白兔，蹦蹦跳跳的，羞死人了。可就在这个时候，一件出人意料的事情发生了。一天早晨，白姑娘从炕头上爬起来，脸不红，心也不跳，从柜子里找出一块白布，用剪子嚓嚓一剪，缝到自己的鞋面上了。这是戴孝哇。家里好端端的，戴哪门子孝呢？白姑娘的嫂子吓坏了，大声嚷嚷:“妹子，你这是做啥？”白姑娘的眼圈里含了泪，沉默不语。嫂子又大声嚷嚷了一回，白姑娘才拖着哭腔说：“过一会儿，你就知道了。”

果然，过了没多久，来了一个报信的人，说白姑娘的未婚夫死了。怎么死的？掉进河里淹死的。

白姑娘哇的一声大哭起来。

等白姑娘的未婚夫入了土，她的父亲白纯和叔叔白成聚在一起商量以后的事。这是应该的。白姑娘以后的路还很长啊，不好好商量商量怎么行呢？

白纯叹了一口气说：“这可咋整呢？”

白成是个粗人，没文化，说话也直，看不惯哥哥愁眉苦脸的样子。他亮着大嗓门说：“咋整？我看很好整，再给你闺女找个婆家不就行了？”

白姑娘听见叔叔的话，一脸的气愤，走到她父亲面前说：“我不！”

白成歪着头看了侄女一眼，说了一句混蛋透顶的话：“你不？你要是敢剁掉自己的一只手，我们就听你的！”

白成的话音刚落，白姑娘就转身冲进厨房，拿了一把菜刀出来，举起菜刀就要剁下去。白纯和白成都吓坏了，慌手慌脚抢夺那把菜刀。慌乱中，白姑娘把右手的小指头伸进嘴里，一口下去，鲜血淋漓。

白姑娘咬掉了自己的小指头，让她的叔叔白成感到非常难堪。白成在白纯面前赌咒发誓，再也不管白姑娘的事了。

白纯连连叹气，跺着脚说：“小祖宗，我听你的，我听你的还不行么？啊？”

没办法，白纯只好赶到邻村去跟亲家商量。白姑娘的公公婆婆都吓了一跳：“哎呀呀，这可咋好呢？”

就这么，白姑娘如愿以偿，按照预定的婚期嫁到婆家去了，天天守着丈夫的灵位过日子。

白姑娘很不开心，整天丧着脸，一句话也不说。你想想，一个芳龄女子，天天守着一个死鬼的灵位，怎么能有好心情呢？

白姑娘的公公整天长吁短叹。人到中年才好不容易生下一根独苗，长到二十岁，扑通一声死掉了。这些已经够让他伤心了。现在又多了一个整天丧着脸的哑巴儿媳妇。一看见白姑娘，他就会想起自己死去的儿子，内心的疼痛就会波涛汹涌。可他又不能指责白姑娘。白姑娘失去了丈夫，一直沉浸在悲伤之中，怎么好去指责她呢？可话再说回来，就这么一天天悲伤下去，以后的日子该怎么过呢？

白姑娘的公公跟村里人说，我这是生不如死啊。

不到两年，白姑娘的公公病倒了。白姑娘端水喂药，照顾得很周到。可惜，她的公公并不领情，还是整天长吁短叹，很快也死掉了。

办完了公公的丧事，白姑娘破天荒跟婆婆说了一句话：“妈，我也要死了。”

白姑娘说到做到，几天后就“媳随翁归”了。

白姑娘死后，把老秀才黄大中一伙文人墨客忙得乱了方寸，一趟一趟往县衙里跑，跪在父母官脚下哭诉，恳求父母官把白姑娘的先进事迹上奏朝廷，“为请旌表，以垂永久”。

没想到，慈禧老太后还真给面子，下了一道懿旨，说：“这么着吧，给小白姑娘立一个贞节牌坊。”

几个月以后，白姑娘的贞节牌坊立起来了。

白姑娘的婆婆披头散发走到那座漂亮的牌坊前面，说：“呸，妖精！”

此后的每一天，白姑娘的婆婆都披头散发走到那座漂亮的牌坊前面说：“呸，妖精！”

犯罪动机

小不哭了。小不磕磕绊绊长到19岁，已经是一个大小伙子了。他以前很少哭的，19岁生日那天，却哭得一塌糊涂。

据说，小不的名字是他妈妈给取的。在医院的产房里，当小不探头探脑即将闯入人生的时候，他妈妈疼得大叫起来，说："不要啊，不要！"

就这样，小不一生下来，妈妈就叫他小不。

小不出生前后的那一段时间里，爸爸和妈妈经常吵架，吵得相当厉害，相当声嘶力竭，相当不知好歹。最后，小不的妈妈扔下不到两岁的小不，一个人走了。小不的爸爸在一场大醉之后，把小不送到乡下的奶奶家，也走了。

小不再也没有见过妈妈。妈妈消失了，永远消失了。他倒是偶尔能看见爸爸，匆匆地来，匆匆地走，连句囫囵话也不肯对他说。不过，他并不伤心。他不喜欢爸爸。他曾经盯着爸爸胡子拉碴的嘴巴，在心里说："等我长大了，非要把你揍个嘴啃泥不可！"

小不唯一的安慰，是奶奶喜欢他。奶奶第一次见到他的时候，就惊喜地叫了一声：小不！

19岁生日那天，小不想起了从前的事，他哭了。他的泪水就像奶奶家后山上的泉水似的，把自己的心情都湿透了。

19岁生日那天，小不绝没有想到，几年以后，他会变成一个疯子。

19岁生日那天，小不没在奶奶身边，而是在一座很大的城市里打工。他离开奶奶已经好长好长时间了。

小不在城市里看到很多孩子牵着妈妈的手走来走去，还时不时地耍点小孩子脾气。他很羡慕他们。

小不还看到不少受了委屈的孩子偎在妈妈怀里，让妈妈搂着，哄着，亲着。他很嫉妒他们。

小不在心里说：“我也是一个受了委屈的孩子，妈妈为什么不来看我？”

19岁生日那天中午，小不喝酒了。他不会喝酒，杂乱无章的，深一口，浅一口，结果把自己喝醉了。

小不酒后失态，闯到工厂的仓库里好一通折腾，使厂方蒙受了不少经济损失。他被工厂开除了，同时也尝到了被拘役的滋味。

此后，小不就变成了一个坏人。

20岁生日的那一天，小不醉醺醺地走进了公安机关的大门。

小不说：“我是一个罪犯，你们逮捕我吧。”

公安人员瞪了他一眼，说：“你好好看看，这是你要酒疯的地方吗？嗯？”

小不又说：“我真的是一个罪犯，你们逮捕我吧！”

小不把一个笔记本交给了公安人员。那上面，有他全部的犯罪记录。在不到一年的时间里，他大案小案连作了十几起，时间、地点都写得非常清楚。

经过调查，笔记本上的犯罪记录全部属实。

听到这个消息，小不笑了。

小不笑着说：“现在，你们应该逮捕我了吧？”

公安人员对小不的举动很不理解。他们说：“你为什么要自首呢？”

小不说：“我想让你们抓到我，可你们总也抓不到我。没办法，我只好来自首了。”

小不还说：“有好几次，你们来到我的作案现场，其实我就站在你们身边，可你们谁也不理我。”

公安人员觉得更奇怪了。他们说：“你的犯罪动机是什么呢？难道就是为了让我们逮捕你？”

小不点点头，说：“是的，就是为了让你们逮捕我。”

小不说：“我很小的时候，妈妈就扔下我不管了。我想让她来看看我。”

小不说着说着又哭了。他哭着说：“我是一个受了委屈的孩子，妈妈为什么不来看我？”

小不进了监狱。转眼间，几年过去了。

小不每天都无数次地仰起脸来，对天说：“妈妈为什么不来看我？”

小不疯了。

大家都说，小不真的疯了。

回家

明天我们就要回家了。今天我没去上学。我们要回家了，爸和妈忙得像刮风一样。我也是。很多琐碎的事情都要打点好。我们要走很远的路呢。

我还要抽时间到立交桥那里去看一看。立交桥离我们的住处不远。爸修自行车的地点就在那座立交桥底下。靠近桥墩子的地方，堆着几块砖头，那是爸的“椅子”。现在还在那里。我来看看它们。它们帮了爸不少忙。我要谢谢它们，跟它们说一声再见。

那次我和几个同学上街，路过立交桥，我看见了爸。他背对着我，弯着腰给一辆自行车补胎。越走越近了，我的心怦怦直跳。我一直在问自己，要不要叫他一声“爸”?

爸不让我对同学说他是个修自行车的。他怕同学们笑话我，让我在学校里抬不起头。类似的话，他说过不止一次。

越走越近，越走越近了，我紧张得透不过气来。这时候，我听见了一个声音:“爸!”我看见爸回过头，冲我笑了一下，又转过身，接着干活。这时候，我才意识到，是我，刚才是我喊了一声“爸”!

当天晚上，我听见爸小声对妈说:“今天玲玲当着同学的面喊了我一声爸，这孩子，心里有我。”

爸以为我睡着了，其实没有。我流泪了。我用被子蒙着头，流泪到天亮。

刚来到这座城市的时候，我上初二。现在是高二。爸的头发白了一大片。四十多岁的人，看起来像五十出头。是我把爸害成这个样子，是我!

我们在这座城市里住了四年，但我们没有家，只有一个住处，是租来的。一间房，住三个人，爸、妈，还有我。房间里很拥挤，厨房是跟别人共用的。没办法，我们租不起带厨房的屋子。

我们住在城市里，但我们不属于城市。我们的家在乡下，爸和妈都是农民。

是爸最先到城市里来的。是我读初一的时候。那年，我差一点辍了学。爸拿不出钱来，整天在家里叹气。我们家承包了十几亩地，地里长满了庄稼。但是，我们没有钱。用村长的话说，是“农民负担”太重了。好像是这样。我们家除了“农民负担”，就再也没有值钱的东西了。

爸说:“不管怎样，也要让玲玲把书念下去。”

爸决定到城里去打工。爸说:“别人能去，我也能去。不管怎样，也要让玲玲把书念下去!”

爸离开家的那一天，妈哭了。她没办法。我也哭了。我也是没办法。我想把书继续念下去。

一年以后，爸来信，要我和妈也到城里去。爸对妈说:“城里的学校教学水平高。让玲玲来。”爸对妈还说:“你也来，来照顾玲玲。你放心，有我在，你和玲玲就不愁吃穿，我能养活你们!”

爸把家里承包的十几亩地托付给叔叔。爸写信给叔叔，告诉他，地你来种，地里的“农民负担”还是我来负担。叔叔答应了。

到了城里才知道，爸学会了修自行车。在乡下的时候，他不会，现在他会了。还有了一辆三轮车和各种工具。他怎么就会了呢？问他，他只是笑笑，不说什么。他是一个少言寡语的人。从来都是这样，不要紧的话，少说一句是一句。

我们在城里住了下来。爸说，他负责挣钱养家，妈负责一日三餐和家务，我呢，负责学习，把成绩搞上去。爸说，就这样定了。妈没听爸的话，她是个爱操心的人，除了一日三餐和家务，后来她又负责到一个居民区打扫卫生。

爸每天一大早就到立交桥底下去，天色很晚才回来，每天都这样。下雨天，也去。爸说，他不怕下雨，头上有立交桥呢。

爸说过一个笑话。有一天下大雨，发水了。马路上的水没过了车轱辘，爸只好上了三轮车。这时来了一个人，问他，师傅，你看没看见一个冬瓜？爸说，那个人的冬瓜让水冲跑了，有意思。说完，爸还嘿嘿地笑了两声。我没笑，我心里酸酸的。

爸有时会自言自语，说:“要是能睡一个午觉就好了。”

到城里以后，爸从来没睡过午觉，谁能不让他睡午觉呢？看起来是他自己。是他自己不让自己睡午觉，但实质上是为了我。是我剥夺了他睡午觉的权利。我很内疚。真的，我很内疚。

去年，叔叔来信，对爸说："现在没有'农民负担'了，你想不想回来？"爸不想回去。前不久，叔叔又来信，对爸说，国家正在搞"新农村"建设呢，村里的面貌发生了很大的变化。一五一十地，说得很详细。最后又问了一句，你想不想回来？

爸犹豫了很久，对妈说："还是等玲玲考上大学以后再说吧。"

我知道爸很想回去。他是怕耽误了我的学业，才犹豫不决的。我决定真正为爸做点什么，像爸说的那样，心里有他。我做出了一个大胆的举动，给老家县城里的重点高中打了一个电话，向校长汇报了自己的学习成绩，同时也说明了我们家面临的特殊情况。校长很爽快地对我说，欢迎我转学去他们那里。我想这是一个好消息。

我把这个好消息告诉了爸。爸咧开嘴笑了，用力点点头。

就这样，我们决定回家！爸和妈要回家种地了！爸说，农闲时，他还要修自行车。妈笑着对我说，看看你爸，他这是干上瘾了。

我说："爸，回家以后，你就可以天天睡午觉了。"

爸愣了一下，点上一支香烟慢慢吸。我看见他的眼圈慢慢变红，眼睛里有了下雨的迹象。

卡秋莎

阳光从窗口跳进来，在墙壁上悠闲地漫步。病房里的一片白，便白得耀眼了。窗外是一树梨花，同样白得耀眼。

他的心头沉甸甸的。医生说过了，他的妻子已经走到了生命的尽头，“就是这三两天的事了”。他知道，结局是不可逆转的，一种生活即将结束了。他的心头沉甸甸的。

他日夜守护着病床上的妻子。他轻轻握着她的手，深情地看着她，看着她的消瘦，看着她的苍白。他突然不忍心再看下去了，扭过头，叹一口气。唉，就是这三两天的事了。

就在这个时候，病房里响起了歌声。歌声很微弱，像是从遥远的地方传来，像是从遥远的青年时代传来。

是他的妻子在唱。她的眼睛渐渐明亮起来，像阳光一样。他的眼睛也渐渐明亮起来，像阳光一样。

“正当梨花开遍了天涯，河上飘着柔曼的轻纱，卡秋莎站在峻峭的岸上，歌声好像明媚的春光……”

他的思绪随着歌声缥缈起来。那是哪一年呢？当梨花开遍天涯的时候，他成了一个“右派”，被发配到“天涯”劳动改造去了。途中，他被“隔离”在一个小小的仓库里边。他很绝望。他看不到自己的出路。

那是历史上最黑的一个夜晚。有一种重量慢慢地压下来，压下来。他的呼吸急促起来。他有了一个不好的预感，也许他会做出一种举动，让自己成为这夜晚的一部分，永远融入到无边的黑暗之中。

谁能想到在这个时候会传来一阵歌声呢？那歌声是用青春唱出来的，是用希望唱出来的：

正当梨花开遍了天涯，河上飘着柔曼的轻纱，卡秋莎站在峻峭的岸上，歌声好像明媚的春光。

……

啊，这歌声，姑娘的歌声，跟着光明的太阳飞去吧！

……

这的确是一个姑娘的歌声，从隔壁的房间里传来。他不知道，隔壁的房间还“隔离”着一颗年轻姑娘的心。

他的呼吸再一次急促起来。

他知道，在当时，这无疑是一首“违禁”歌曲，平日里是不敢唱的。

隔壁房间里的歌声一次又一次响起，是同一首歌，是《卡 秋莎》。

他沉浸在歌声之中，内心的黑暗渐渐消隐，取而代之的，是一抹黎明的曙光。

情不自禁，他的嘴唇也动了起来，小声哼哼。很快，他的歌喉便舒展开来。于是，女生独唱变成了男女生二重唱。他注意到了，由于他的加入，对方的歌声停顿了一瞬，但很快再次响起，而且更加嘹亮。

他很想跟那位姑娘交谈几句。他试过了，可是不行。姑娘听不见他的问候。他只好闭上嘴巴，改用拳头去交谈。拳头打在墙壁上。“咚咚咚”三声，你好吗？这回姑娘听到了，回应他的是同样的声音，“咚咚咚”，你好吗？

他心花怒放了。“咚咚咚”三声，我爱你！

是的，就在那个瞬间，他爱上了那个姑娘，刻骨铭心。

然而，拳头毕竟不能完全代替嗓音。无奈，他们只好一次又一次展开歌喉，还是男女声二重唱，还是《卡秋莎》。他们一直唱到天亮。啊，这歌声，姑娘的歌声，跟着光明的太阳飞去吧！

他在往事中徘徊，徘徊又徘徊。

躺在病床上的妻子还在唱。歌声仍然很微弱，像是从遥远的地方传来，像是从遥远的青年时代传来。

情不自禁，他也展开了自己苍老的歌喉：

正当梨花开遍了天涯，河上飘着柔曼的轻纱，

卡秋莎站在峻峭的岸上，歌声好像明媚的春光。

他的眼睛湿润了。而他的妻子，早已是泪眼模糊。

在歌声中，他的妻子安详地闭上了眼睛。

他久久无言。

窗外那一树洁白的梨花，正随风飘零。

老张头的孙女

几年前的一个秋天，高中女生王小可走进了县城的一家敬老院。班里的团支部号召同学们到社会上搞献爱心活动，她歪着脑袋想了想，就拎起书包到这里来了。

走进院子，王小可一眼看见了老张头。她看见老张头坐在花坛边上，脸色铁青，心想："这个老爷爷肯定很需要爱心。"于是就走到他面前说："爷爷，你在干吗？"

老张头看了王小可一眼，不耐烦地挥了挥手说："小丫头，别捣乱！"

王小可一下子愣住了。她咬了咬自己的嘴唇，眼睛突然一亮，对老张头说："爷爷，有人欺负我，你管不管？"

老张头把身子扭过来，正对着王小可，说："谁欺负你，你告诉我。"

王小可笑了。她笑眯眯地说："昨天我去修理自行车，修自行车的叔叔多要了我两块钱。"

老张头站了起来，气哼哼地说："他怎么能这样，欺负一个小丫头算什么本事？走，咱找他去！"

王小可一动没动，她笑着说："我跟他讲理，他又把钱还给我了。"

老张头愣了一会儿，也笑了。他说："你这个小丫头，真是调皮。"

接着两个人都坐到花坛边上，亲亲热热地交谈起来。

老张头对王小可说："跟我住在一个屋里的老李头经常欺负我，你管不管？"

王小可瞪起眼睛问："他是怎么欺负你的？"

老张头说，老李头有个儿子，有时来看他父亲，带一些好吃的东西。还说老李头喜欢谈论他的儿子，真让人受不了。

老张头最后下了结论："老李头明明知道我没有儿女，却天天跟我谈论他的儿子，他这是欺负我！"

王小可流下了眼泪。她流着眼泪对老张头说:“爷爷，你不要难过，从今天开始，我就是你的孙女，我会经常来看你的。”

几天以后，王小可用自己积攒的零花钱买了一兜子水果，蹦蹦跳跳钻进了老张头的屋子。老张头高兴得每一根胡子都抖动起来。他掰下一根香蕉递给同屋的老李头，自豪地说:“你吃吧，这是我孙女给我买的。”

那一天，老张头拉着王小可的手走遍了敬老院的每一个角落，他对见到的每一个人说:“这是我孙女，她是来看我的。”

敬老院的每一个角落都感到吃惊。大家都说:“老张头没儿没女，却冒出一个水灵灵的孙女，真是奇怪。”

从此以后，王小可经常去看望老张头。他们有时会为某件事争吵起来。

老张头说:“我不吃你的水果。你把钱攒起来，买学习用品。”

王小可说:“你不吃，我就把它们丢到垃圾箱里去。”

诸如此类的事情有很多，有时老张头做出让步，有时王小可做出让步。当王小可做出让步的时候，老张头会自豪地对老李头说:“小孩子嘛，就得严加管教才行!”

老张头经常跟老李头谈论王小可。老李头呢，却再也不跟老张头谈论自己的儿子了。

老张头笑嘻嘻地对王小可说:“老李头再也不敢欺负我啦。”

有时王小可在什么地方受了委屈，就会跑到老张头那里去发发牢骚。老张头听完，总是气得满脸通红，在屋子里走来走去，指着窗外的某个地方破口大骂。

王小可是我的高中同学，那时候，我是班里的团支部书记。后来，我们又一起到同一所大学里读书。

大学毕业的那年秋天，在东山公园的一条长椅上，王小可依偎着我的肩膀，说起了老张头的故事。她说了很久很久，就像几天以前，她跟我说起她的父母一样。

王小可搂着我的脖子说:“你说，我爷爷是不是一个老小孩儿?”

我笑了，轻轻地握了握她的手。

王小可又说:“哪天，我领你去看看爷爷。他要是不同意咱俩的事，我就跟他吵!”

听王小可这样说，我才知道，虽然她是我的女朋友，以后还很可能成为我的妻子，但不管怎样，她都永远是老张头的孙女。

我很羡慕老张头，他竟然有这么一个活泼可爱的孙女。

亲爱的黑嘴鸥

秋天来了。王小可站在浅沙湖边上看风景，她看见了秋天的红和黄，看见了秋天的蓝和白，还看见高高的天空上有一队队南飞的大雁。

王小可轻轻叹了一口气，自言自语地说，秋天来了。

从那一天开始，王小可的心中就抹不掉秋天的颜色了，有红有黄，有蓝也有白。同时抹不掉的，还有那一队队南飞的大雁。

王小可仰起脸来喊了一声，坏东西！

不大一会儿，就有一只鸟儿飞过来，在王小可的头上盘旋了两圈，然后轻轻落在她的肩上。

王小可说："坏东西，走吧，咱回家。"

王小可说："坏东西，你还记得小时候的事情吗？"

坏东西在王小可家的地板上走来走去，听见她的话，把脑袋歪了一下，继续走来走去。

王小可努了一下嘴唇，说："坏东西，你是不是不记得啦？"

王小可说："我告诉你吧，是爸爸把你捡回来的。那时候，你很小，像个小鸡雏，翅膀上受了伤，是爸爸把你捡回来的。爸爸到浅沙湖钓鱼，回来的路上，在一片湿地里发现了你，就把你带回家了。"

坏东西点点头，好像是说："我记住了。"

王小可笑着说："真是个坏东西！"

是王小可治好了坏东西的伤。每天给它上药水，不到半个月就好了。爸爸负责给它搞吃的，小鱼小虾什么的。妈妈负责给它打扫卫生。王小可负责陪它玩儿。就这样，全家人都有了明确的分工。王小可对这样的分工很满意。

妈妈说："这是一只什么鸟儿呀，鸡腿鸭子嘴，是'鹬蚌相争'里的鹬吗?”

爸爸说:“嘿嘿,我也说不好。”

王小可查找了不少鸟类的书,兴奋地大声宣布:“爸、妈,它是黑嘴鸥!”

黑嘴鸥在王小可家里住了下来。

王小可家里还有一只小猫、一条小狗。王小可对小猫小狗说:“不许你们欺负黑嘴鸥,听见没?”小猫喵了一声,小狗汪了一声。它们在说:“听见了,听见了。”

小猫小狗果然没有欺负黑嘴鸥,倒是黑嘴鸥经常欺负它们。黑嘴鸥蹲在小猫小狗身上睡觉。小猫小狗睡觉的时候,黑嘴鸥会跳到它们身上,一脚一脚把它们踩醒。

小猫冲着王小可喵了一声,小狗冲着王小可汪了一声,它们说:“王小可,你看你看,黑嘴鸥欺负我们了,你管不管?”

王小可对小狗小猫摆摆手,说:“我没看见!”说完,背过脸去,偷偷地笑了。

王小可一家人有散步的习惯。散步的时候,爸爸妈妈走在前边,小猫小狗跟在爸爸妈妈身后,王小可和黑嘴鸥跟在小猫小狗身后。就这样,一家六口在僻静的小路上、在公园里慢悠悠地走着。

不管他们走到哪,都会有不少人停下脚步,静静地观看。王小可的脸红了,比红樱桃还要红。

黑嘴鸥一天天长大了。长长的腿,走起路来一探一探的,就像走在沼泽地里一样。黄色的绒毛褪尽了,换上了一身洁白的羽毛。它的嘴还是黑的,大概要一辈子黑下去了。

黑嘴鸥开始扇动翅膀了。王小可心想:“它是不是要学飞?肯定是的。它是一只鸟儿,它应该飞翔。”

王小可勾起手指头在自己的脸蛋上轻轻弹了一下,小声说:“哎呀呀,我真该死,怎么把这事儿给忘了呢?”

王小可领着黑嘴鸥到浅沙湖去学飞。黑嘴鸥的翅膀一振一振的,终于飞起来了。一天比一天飞得高,飞得远。终于有一天,它自己飞回家去了。

王小可说:“坏东西,自己回家了,扔下我不管!”

看见天空中一队队南飞的大雁,王小可的心乱了。她的心乱极了。她知道黑嘴鸥是候鸟,它也会像大雁那样,飞到南方去的。

王小可一遍又一遍问黑嘴鸥:“你是不是也要飞到南方去?”

黑嘴鸥摇摇头。

王小可说："坏东西，你不走可不行。"叹一口气，又说："要走就早点走吧，到南方去，找你的爸爸妈妈，找你的兄弟姐妹，听见没？"

黑嘴鸥点点头。

还是在浅沙湖。王小可、爸爸、妈妈、还有小猫小狗，全家都来了，为黑嘴鸥送行。

黑嘴鸥飞起来了，在他们的头顶上盘旋了很久很久。

王小可的眼泪下来了。妈妈的眼泪也下来了。爸爸很坚强，他没流眼泪，但他的眼圈是红的。

王小可对黑嘴鸥挥了挥手，说："坏东西，快走吧，快走吧，记住，明年春天早点回家！"

小猫喵了一声，小狗汪了一声，它们也在说："记住，明年春天早点回家！"

"春天很快就会来的，亲爱的黑嘴鸥也很快就会来的，你们说是不是？"

王小可一遍又一遍问小猫小狗。

小猫小狗都说："是的，是的。"

水知道答案

小暑的心情像夏天的阳光一样灿烂，同时也像夏天的气温一样高涨。虽说眼下天寒地冻的，西北风呼呼地号叫着，像是吓唬谁，但这些都不妨碍小暑的心情。从省城回家的一路上，她的心情都像夏天一样，夏天的阳光，还有夏天的温度。

小暑是踩着黄昏的霞光回到家里的。到了万家灯火的时候，餐桌上已经摆满了各种各样的菜肴，都是小暑最爱吃的。餐桌旁边还摆上了两张开心的笑脸，那是爸爸和妈妈的笑脸，都是小暑最爱看的。

这是小暑上大学之后的第一个寒假。再过一段时间，春节就要到了。春节是什么日子？是家家团圆户户欢乐的日子。要是这么说，小暑家的春节已经提前来临了。团圆了也欢乐了，有了春节的形式也有了春节的内容，不是春节又是什么？

小暑从旅行袋里拿出两瓶白酒，是极品的二锅头。小暑特意从省城的超市里给爸爸买的，他知道爸爸喜欢二锅头。小暑把其中的一瓶打开，放到餐桌上，对爸爸说："爸，今晚你喝这个。"小暑的妈妈看在眼里，心口一热，涌出了无限的安慰，对自己说："这闺女，懂事了，真的懂事了。"这样一想，反倒惆怅了，暗暗地叹了一口气："唉。"

小暑的爸爸咧着嘴，把酒瓶拿起来，转来转去，盯着看，说："好酒，好酒啊。"

小暑到厨房里找爸爸的酒杯。她觉得好奇怪，爸爸的酒杯怎么塞到一个角落里了？她拿起来看看，觉得不干净，就用自来水刷了一遍，然后再冲洗一遍，甩干了水珠，拿到餐桌上，倒满了酒，说："爸，你喝酒。"

小暑的爸爸说："先吃菜，来来，你俩都坐下，先吃菜。"

"不嘛，"小暑撒娇了，"爸，你先喝，你不喝我就不吃。"

小暑的妈妈别过身子，她的眼圈红了。

哪个做父亲的能拗过爱女的撒娇呢？小暑的爸爸端起了酒杯。他感觉到了，他的手在微微颤抖。为了不让小暑看出来，他快速把酒杯贴到嘴唇上，喝了一口。喝得太快了，他的嗓子还没有准备好呢，一下子呛着了，他大声咳嗽，连眼泪都出来了。

小暑的妈妈责怪地瞅了小暑她爸一眼，说:“慢点喝，没人跟你抢。”

“妈，别这样说我爸。”小暑接过妈妈的话头，转脸又对爸爸说，“爸，你慢点喝。”

小暑的妈妈再一次别过身子。唉，这闺女，懂事了，真的懂事了呀。

其实，小暑的妈妈说得也对也不对。小暑懂事了，不过不是现在才懂事了，四年前，读初三上学期的时候，小暑就懂事了。说来话长，这就要从小暑他爸喝酒的事情说起了。

小暑的爸爸很早就开始喝酒了。中午晚上都喝。不多，每顿饭只喝一杯，一两半的样子。他酒量不大，只是有韧性，一顿不端酒杯，就抓耳挠腮，像是缺了点什么。虽然是一个普通的工人家庭，这点嗜好不算过分吧？

小暑对爸爸喝酒已经习惯了。她喜欢看爸爸喝酒的样子。抿一小口，咽下去，然后嘴里发出咝咝的声音，像是很难喝的样子，像是遭罪的样子。小暑不止一次在心里笑:“难喝你还喝，遭罪你还喝，做出个怪样子给谁看呢?”

初三的上学期，小暑发现爸爸不喝酒了。每顿饭都是匆匆忙忙地吃，没有了往日的悠闲，而且吃完饭就出去了，一连几天都是这样。小暑觉得奇怪，爸爸咋不喝酒了呢？问妈妈，妈妈吞吞吐吐地，不想说。问急了，才叹着气说:“你爸爸，下岗了。”

小暑心里“咯噔”了一声，她不再说什么，心里却像是压了一块石头，很沉。小暑想搬掉那块石头，可是她的力气太小了，搬不动，还累得气喘吁吁。就从那天开始，小暑懂事了。

出人意料的是，接下来的两次月考，小暑的成绩都在下滑，一次比一次滑得厉害。她不知道这是怎么回事。妈妈问她，她总是吞吞吐吐的，不是不想说，是不知道。小暑很委屈，她真的不知道啊。

事情很快就有了改变。妈妈对她说，爸爸有了新的工作，工资比原来还高呢。小暑相信妈妈的话，她看见爸爸又端起了酒杯。还是像以前的样子，抿一小口，咽下去，然后嘴里发出咝咝的声音。小暑心里的石头一下子就没了。她轻松了，考试成绩也很快赶了上去。

自从爸爸重新端起酒杯，就再也没有放下过，直到小暑考上重点高中，直到小暑考上大学。

在这个团圆的欢乐的夜晚，小暑的爸爸破例喝了三杯二锅头。不喝不行的。小暑一会儿对爸爸说：“爸，你就再喝点嘛。”一会儿又对妈妈说：“妈，你就让我爸再喝点嘛。”这闺女，撒娇还上瘾了呢。别说小暑的爸爸，连小暑的妈妈都扛不住了，对小暑她爸说：“闺女让你喝，你就再喝点吧。”

就这么，小暑的爸爸喝多了。糙皮糙脸的汉子，喝多了酒，竟然像个小孩子似的哭了。眼泪哗哗的，像是受了多大的委屈。小暑的妈妈慌了，赶紧送他到卧室里睡了。

夜深了，小暑跟妈妈依偎在一起，像是在看电视，其实是在小声说话。小暑问妈妈：“爸爸怎么哭了？”

小暑的妈妈凭空就是一阵心酸。傻闺女，四年多了，你爸爸在饭桌上喝的都是水啊。他为什么哭？问问水吧，水知道。可这话她怎么能对小暑说呢？

小暑的妈妈揉了揉眼睛，平静地说：“你爸他喝醉了。”

我和西哈努克亲王

西哈努克亲王曾经帮过我很大的忙。这是真的。

1968年，领袖的伟大教导在我耳边反复响起："农村是一个广阔的天地，在那里是可以大有作为的。"我当时正在读高中。这样说好听一点儿，其实学校里早就停课闹革命了，那些"臭老九"让我们斗得像耗子似的，真是大快人心。

听说要到农村去，我的心情立刻沉重起来。谁都知道，农村苦啊。可领袖的话谁敢不听呢？没办法，主动报了名。不主动也不行，革命小将天天到你家门前敲锣打鼓，高呼革命口号，谁受得了啊。

还好，我们这些小县城的"知识青年"都去了本地的农村。我去的地方是一个叫腰屯的生产大队。我的不少同学也都去了那里。我很高兴。我高兴的是，我暗恋的一个女同学宋玉华也去了那里。

我们的"青年点"是一排新盖的瓦房，男生住在东面，女生住在西边。虽然整天在一个院子里出出进进，但男女生之间是不说话的。在学校里的时候就是这样。我们天天"破四旧"，可脑子里的观念依然很旧。不像现在，连幼儿园里的小屁孩都知道谈情说爱，真让人生气。

到腰屯没几天，我的腰就开始疼起来。很多同学的腰也都疼了起来。正赶上秋收季节，整天撅着屁股割玉米，一上一下的，腰好像要断掉。我特别牵挂宋玉华，想知道她的腰是不是也很疼。想问又不敢问，真是急死人了。夜里睡不着觉，眼睛瞪着房顶，竟然能透过房顶看见满天星星。后来才知道，那是我眼花了。

就在这个时候，西哈努克亲王向我伸出了一双温暖的大手，把我从痛苦的漩涡中拯救出来。

那天黄昏的时候，生产队长把我们召集起来，宣布晚上有重要任务，还每人发了一杆红缨枪。气氛有点紧张，是不是阶级敌人要来搞破坏啊？临出发前才知道，是西哈努克亲王到大连访问，我们要到铁路边上给他的专列站岗。

我们对西哈努克亲王非常熟悉，报纸上、广播里经常有他的消息。他好像经常到中国来，也好像常年住在中国。这不是我们要管的事。他是中国人民的朋友，想什么时候来，想住多久，都可以。中柬两国人民的心，是紧紧连在一起的嘛。需要我们站岗，我们就坚决完成任务！

我们是晚上10点出发的。走几公里山路，在午夜前到达指定位置。为了照顾胆小的女生，生产队长决定，男女生混成一列纵队，路上，由男生负责女生的安全。这个决定简直太英明了，我发现每个男生的眼睛都在夜色里发出了绿莹莹的光芒，像狼的眼睛一样。

太不可思议了，我竟然排在宋玉华的身后。我激动得差一点跳起来。很多年后，我想起那一幕，怀疑是她故意排到我前面去的。问她，她却坚决否认，说:“是偶然的。”

可那是多么幸福的偶然啊。

队伍行进到一片槐树林的时候，宋玉华突然一脚踏空，惊叫着跌到沟里去了。我条件反射般地也惊叫一声，随之跳了下去。沟不深，只是天黑，看不清楚。我摸索着握住了宋玉华的手，一用力，把她拉了起来。在握手的刹那，我的身子像过电一般颤抖起来。我感觉到了，宋玉华像我一样，也是浑身颤抖。

我想对宋玉华说点什么，张了张嘴，却啥也说不出来。没办法，嗓子眼干得厉害，像是锈住了。倒是宋玉华先开了口，她小声说:“谢谢你。”

宋玉华真是这么说的，我听得清清楚楚。这个高傲的姑娘，这个漂亮的姑娘，竟然对我说出这样的话来。这对我来说，是多么辉煌的成就啊。

我抻着脖子，狠狠地咽下了一口唾沫，这才好不容易说出话来。

我对宋玉华说:“谢谢你。”

说完，我恨不得扇自己一个耳光，打得满地找牙才好。妈的，这叫什么话，驴唇不对马嘴嘛。

宋玉华吃吃地笑了起来。

宋玉华只是受了点惊吓，身体没有受伤。太好了。我们一前一后，很快就赶上了队伍。

过一条小河的时候，宋玉华主动把她软绵绵的小手伸向了我。我和她是手拉着手过河的。还是过电，还是心里热得像开锅一样。

我恨那条小河，它太窄了，一会儿工夫就蹚过去了。我当时在心里想，要是那条河像人生一样宽阔，该多好啊。

我们手持红缨枪站在铁道两侧。不到半个小时，西哈努克亲王的专列就开过来了，很快又风一般开过去了。我们胜利地完成了任务。

我们没有看见西哈努克亲王，也不知道他是不是看见了我们。不管怎样，我从内心深处都非常感谢他。没有他，就没有我跟宋玉华那令人心醉的牵手。

从此，我们“青年点”的男生女生就不再拘谨了，见了面都有说有笑的。我跟宋玉华呢，经常背着别人在月光下练习握手。在我们心中，腰屯的月亮比太阳要明亮得多。

几年后，我跟宋玉华都回到了县城，同时也公开了我们的恋爱关系。不少人问我们:“你们两个搞对象，谁做的大媒呀?”

我们用响亮的声音回答:“西哈努克亲王!”

鞋 带

是夏天的早晨。我走在县城的大街上，迎面看见了大牛。他变了，有了些男人的模样。他以前不是这样的。以前他是一个小男孩，后来是一个大男孩。现在不一样了，完全不一样了。看着他一步一步向我走来，我的脸颊有点发烫。我低头看了看脚上的鞋。真该死，今天怎么就穿了一双没有鞋带的凉鞋呢?

大牛是我的小学同学。不仅是同学，还是同桌。初中的时候，也是同桌。高中，我们在一个班，但不是同桌了。

我跟大牛的关系，怎么说呢? 挺好的吧。我是说，读小学、读初中的时候，我们经常在一起玩儿，玩得很高兴。

不知道怎么回事，那时候，我的鞋带总是愿意散开。记得早上出门的时候是系好了的。下课了，我们到操场上，东奔西跑，叽叽喳喳，然后，鞋带上的玫瑰结就开了。鞋带开了是很危险的。左脚的鞋带拖在地上，不小心让右脚踩住，是要跌倒的。反过来也是这样。我跌倒过好几次。最严重的一次，膝盖都摔破了。

大牛经常给我系鞋带。他说:“你站住。”我站住了。他弯下腰，给我系鞋带。系完了左脚系右脚。很用力。他一边系鞋带一边说:“我不想让你跌倒。”大牛说这话的时候，我总是咯咯地笑。

有时候我跟他搞恶作剧。自己把鞋带解开，在他面前走来走去。他果然中计了，说:“你站住。”然后是重复的动作。还总是忘不了说一句，我不想让你跌倒。这样的恶作剧，我经常搞。最多一天搞过三次，开心死了。

初三快毕业的时候，大牛最后一次给我系鞋带。还是说:“我不想让你跌倒。”不过他又加了一句话:“以后，你要自己系鞋带。”我的脸红了，不好意思地说:“我总是系不好鞋带。”

读高中的三年，我和大牛的关系疏远了。当时，男生女生都那样。我们不敢走得太近。老师总是怀疑我们在谈恋爱。老师在课堂上说：“你们不要着急，将来每人都有一个！”他的话没说完整，但我们都听懂了。女生低下头，男生们发出一阵坏笑。那时候，男生女生走得稍微近一点，老师就瞪圆了眼睛。老师的眼睛是雪亮的，我们不敢轻举妄动。我们埋头学习。我们要考大学。

读高中的三年，大牛很少跟我说话，我也很少跟他说话。不过也不是一句不说，他说过。他小声说：“你的鞋带开了，自己系上吧。”紧接着又加了一句：“我不想让你跌倒。”说完他低着头飞快地走掉了。我愣愣地站在操场上，胸口咚咚跳个不停。

读大学的时候，我跟大牛分开了。不在一所学校，也不在一座城市。假期倒是见过面。彼此都有些陌生，说话很客气、很外交的样子。说不清怎么会变成这个样子。我不喜欢这个样子。

这个夏天，我大学毕业了，回到老家的县城，等待分配工作。我无所事事，一大早就上了街。随便走走，没有目的。我有时候就是这样，到大街上随便走走，没有目的。这大概就是人们所说的“散心”吧。没想到，迎面看见了大牛。真是没想到。他什么时候回来的？

我对大牛说：“你什么时候回来的？”

大牛说：“昨天。你呢？”

我说：“我也是。”

我们的对话就是这样开始的。没滋没味。接下来又说了些什么，还是没滋没味。我不知道自己怎么了，也不知道大牛怎么了。我觉得，我们之间的距离越来越远。真该死！

说到无话可说的时候，我突然冒出一句：“下午，我想到海边走走，你去吗？”

县城离海边不远，坐公共汽车还不到一个小时。来回很方便。

我看见大牛的眼睛亮了一下。他说：“我去！”

我说：“那好吧，下午一点，就在这儿见。”

大牛说：“好的，我等你。”

我走了。挺起胸，还昂起头甩了甩脑后的马尾巴。我有些得意。我给大牛设下了圈套，等着他钻进去呢。

我知道大牛并没有立刻走开。他一定还站在那里，看着我的背影。一定是这样。我觉得自己的后背有点发烫，像生了火炉一样。我强迫自己不要回头。走出很远，我还是忍不住回过头。还好，大牛还站在那里往我这边看。我冲他挥挥手，他也冲我挥挥手。我咯咯地笑起来，像一只小母鸡刚刚下了一枚红皮蛋。

下午，我要穿一双有鞋带的鞋。把脚上的凉鞋换掉，换成轻便的运动鞋。还要把鞋带解开，走到大牛身边……

以后的事，跟我没关系了。就看大牛的表现，看他做些什么，看他说些什么。

下午一点，是我一生中最关键的时刻，是命运的转折点。我是这样想的。你是不是也这样想呢？

写意

细润的雨丝与路灯昏黄的光亮交织成了一张铺天盖地的网，他呢，无疑是网在其中的一条不幸的鱼。

路很漫长。漫长又漫长。没有开端，似乎也没有终点。

他一直在徘徊。徘徊又徘徊。

夜已经很深了。在这丁香开放的季节，在这样的雨夜，注定饱含着幽怨，饱含着哀伤。

被细雨打湿了的幽怨与哀伤，会有多么沉重呢？一个刚刚二十出头的年轻人，竟如同一位衰弱的老人，步履蹒跚。

那是什么时候呢？也是这样的雨夜，一把小花伞下槐花般清香的爱情，是真实，还是虚幻？

一切都历历在目。一切，又都那么遥远。

他一直在徘徊。徘徊又徘徊。

路很漫长。漫长又漫长。没有开端，似乎也没有终点。

没有终点的又何止是脚下的路呢？还有一种痛，在他心中绵延不绝，怕是要紧紧地缠绕他的一生了。

那种痛是一个喜欢画画的女孩子留给他的。在他面前，她总是以姐姐自居。她无数次以撒娇的方式强迫他叫她一声“姐姐”。他红着脸叫了。她笑得不行，仿佛这是世界上最开心的事情。这并没有什么好奇怪的。恋爱中的女孩子，几乎都一个模样，喜欢莫名其妙地发笑。

她的确可以担当“姐姐”的角色，她比他年长几岁。可在他看来，这有什么要紧的呢？他和她有着共同的追求、共同的爱好，这才是最重要的。

他们是在一所业余美术学校里认识的。他们是同桌，一起学习国画。学的都是写意画。大写意，小写意。写意山水，写意花鸟。他们都知道，写意画的最高境界是“逸”，受命于心，天趣自然，无法之法，只宜“心见”。在他看来，“墨海中立定精神”，说的虽是画，其实，又何尝不是人生的一种境界呢?

春的欢歌，秋的私语。相爱的日子，一切都是那么温馨，那么浪漫。自从母亲过世之后，他再也没有得到过来自家庭的温暖。但认识她之后就不同了，他似乎已经感受到了另一种温暖的幸福的抚慰，抚慰来自于他的“姐姐”。

身为“姐姐”，可她仍然很单纯，单纯得如同一张洁白的宣纸。

在那张洁白的宣纸上，最终会呈现出一幅什么样的画面呢?

单纯的“姐姐”有一天突然跟他说了一番很成熟的话。

她说:“咱们分手吧。你知道，我很爱你，可我绝对不愿意去过为生计而苦苦奔波的平庸日子。”

她还说:“你应该知道，现在已经是物质时代了……”

那一天，他真的像一个不懂事的“弟弟”那样哭了。哭得很古，“无语而凝噎”。

那一天，阳光普照，他却从内心深处感到了寒冷，难以忍受的寒冷。

造化，何苦要这样捉弄一颗年轻的心呢?要知道，这是他的初恋啊。

很久很久，他才镇静下来，对她说:“以后别再画写意了，你还是画工笔吧。”

已经是凌晨了，他还在大街上徘徊。他沉浸在细雨打湿了的幽怨与哀伤之中，难以自拔。他在回忆，一切都历历在目。一切，又都那么遥远。他不仅仅是在回忆。他知道，幽怨与哀伤，并不全部来自那个喜欢画画的女孩子，更来自一种精神的失落，一种被物质时代所摧毁了的人生境界。

昨天，是他父亲大喜的日子。那个在商界出尽了风头的中年人过腻了单身的日子，终于为自己娶了一个漂亮的新娘。

在父亲的婚礼上，他被一道闪电击中了心灵。他惊呆了。那位新娘，竟然是他往日的“姐姐”!

已经是凌晨了，他还在大街上徘徊。他在心里反反复复地问自己，今天，今天要不要叫她一声“妈妈”呢?

想不想听听我的忧伤

修鞋匠老宋突然把他的鞋摊搬走了，搬到城外跨海大桥的桥头上。也不是天天去，是双休日的时候才去。一些老主顾对老宋的怪异举动很不理解，他们说："老宋你疯了，搬到桥头去干什么？害得我们到处找不到你！"

老宋咧着嘴笑了，说："以后啊，双休日的时候，都别来找我！我呀，也潇洒潇洒，到城外看看风景嘛。"

老主顾们也笑了，说："老宋啊老宋。"

老宋在这座很小的城市里生活了大半辈子。退休以后闲不住，就在农贸市场门外摆了一个修鞋摊，整天忙忙碌碌的，日子过得倒还充实。

这是一个很普通的小城市，如果把它看成是一个人，我可以坦然地说，它跟老宋差不多，都属于默默无闻的一类。除了一座跨海大桥，小城再也没啥值得自豪的地方了。同样，除了为人厚道，老宋再也没啥值得自豪的地方了。

没有人知道老宋把鞋摊搬到城外的真正原因，只有他自己知道。

跨海大桥那里，每年都会发生一些让人伤感的事情。这些事虽然让人伤感，但出现的次数多了，人们的神经也就渐渐麻木了。

老宋没有麻木，而是被深深地刺痛了。他坐在电视机前面看本市的社会新闻。新闻里说，一个少女跳海了，第二天，少女的母亲来到跨海大桥，也跳海了。新闻里还说，在跨海大桥上跳海轻生的人数这两年有上升的趋势，而且主要集中在双休日。

老宋的眼圈红了。他捏起一粒花生米扔进嘴里，狠狠地嚼了一通，然后，端起酒杯，一仰脖，满满一杯老白干儿就灌下去了。

当天晚上，老宋喝醉了，醉得很厉害。

下一个双休日，老宋早早起床，骑着三轮车，左一脚右一脚赶到桥头上去了。以后的每一个双休日他都要去。

桥头上没什么生意可做。过往的大小车辆很多，行人却很少。夏天的时候，人倒是不少，可绝大多数是到海湾里游泳的，偶尔有谁不小心在礁石上弄坏了鞋，才会到老宋的鞋摊上去修修，可惜这种情况不多。

闲着没事，老宋总是不停地东张西望。他在观察行人的脸色。那些脸色平静的人，老宋看几眼就放他过去了。成群结队有说有笑的人，老宋懒得看他们。只有看见形单影只面色凄楚的人，老宋的眼睛才会闪闪发光。他会立即从凳子上弹起来，走上前去，拦住人家的去路，然后把人引到鞋摊前，把靠在桥栏上的一块木牌子翻过来指给人家看。

木牌子上写着几个醒目的大字：想不想听听我的忧伤？

还真有想听的。那好吧，坐下来，听老宋慢慢讲来。

老宋的开场白永远是这样一句：“我是一个孤儿，三岁时父母都死了……”

这些都是老宋编出来的。老宋为自己编出了一个凄惨的人生。常常，老宋会被自己编出的故事感动得泪水涟涟。听故事的人，也是泪流满面。

有耐心听老宋讲故事的人，还真有不少是打算自寻短见的。他们大概是觉得，听听另一个人的忧伤也没什么大不了的，反正我要死了。或者他们不是这样想的，他们只是感到好奇，想用自己的忧伤跟另一个人的忧伤比一比，看看谁的忧伤才是真正的忧伤。

结果只能有一个，老宋的忧伤才是真正的忧伤。

老宋不停地察言观色，对方的眼泪不下来，他的讲述就不会停止。

很自然的，听完了老宋的故事，那个听故事的人会马上开口讲述另一个故事。然后，两个人的对话就开始了。对话的结果也只能有一个，不管怎么样，我们都要好好活着。

就这样，几年下来，老宋救了不少轻生的人。一个中年男人曾经紧紧握住老宋的手，一个劲地说，我不会再去寻死了，你放心，把刀架在我的脖子上，我也不会再去寻死了。

老宋笑着说：“这就好，这就好。”

结束了这样的谈话，老宋的心情格外开朗。他趴在桥栏上，看天，看海。在他的眼里，天也蓝，海也蓝。

老宋的劝说也有不奏效的时候。那是一个年轻的女人，听完了老宋的故事，想说点什么，又忍住了。她在老宋的鞋摊上坐了很久，一言不发。临走时，才重重叹了一口气，说：“大爷，你不知道爱情的滋味。”

几个小时以后，老宋听到了一个惊雷般的消息：一个年轻女人跳海了！

当天晚上，老宋又喝醉了。老宋在醉态中喃喃自语："爱情，我解决不了爱情的问题啊。"

认识老宋的人都知道，老宋大半辈子一直都生活在被爱情遗忘的角落里。

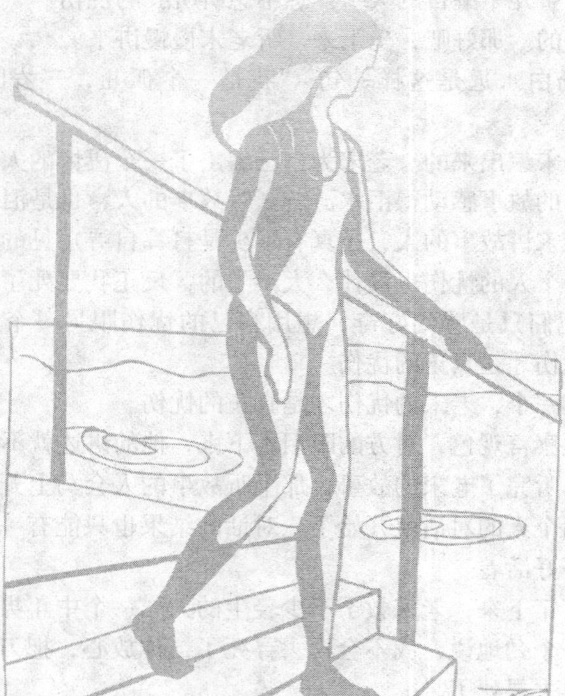

黑白记忆

冬天的葬礼

我不止一次暗自庆幸，那个饥饿的冬天降临的时候，我还没有出生。其实，我更应该庆幸的是，我的父亲和母亲，他们从那个饥饿的冬天所带来的所有灾难当中磕磕绊绊地活了下来。如果不是这样，我就不会在几年后的一个春天里出生，这个世界就会非常不幸地缺少一个值得信赖的人。如果不是这样，便命中注定，在还没有出生的时候，我就已经死去了，那将是一个多么大的损失啊。

那个饥饿的冬天降临的时候，我们村子里所发生的一切我都了解得很清楚。我的父亲多次对我说起。他以一个胜利者的姿态喋喋不休地诉说着，而我只能洗耳恭听。

我的父亲说："那个冬天，多么冷啊。"

那个冬天究竟有多么冷，我无法想象，我也懒得去想象。我更感兴趣的是在那个寒风凛冽的冬天里，我们村里的男人们，除了老人和孩子，他们为什么都忙得汗流浃背？

一种从未有过的惊慌失措袭击了我们的村子。没有粮食，蔬菜也没有。可以用来充饥的东西只有草糠和"淀粉"。所谓的"淀粉"，是用剥去了颗粒的苞米棒棒磨成的，我们叫它"苞米骨子淀粉"。那东西很难吃。不过，相对于入口而言，出来的过程更为艰难。每个人，无论是谁，蹲厕所的时间都比往日无数倍地延长了。据说，那滋味比挨饿还难受。正在这个时候，在人们不堪忍受"淀粉"的折磨而变得视死如归的时候，一个秘密被发现了。那是一个可以借此活命的秘密，同时也是一个诱惑，一个充满了金灿灿的粮食的诱惑。那个秘密在一夜之间传遍了整个村子，几乎所有的人都兴奋得一夜没有合眼。他们在极度兴奋中焦急地等待着，等待着火红的太阳从东方升起，等待着万丈霞光照耀祖国大地。

在我的童年，我的父亲曾经紧紧拉着我的手走向广阔的原野。我们走过庄稼收割后的土地，走过一面面山坡和树林。一路上，我的父亲不停地用他那粗糙的大手指指点点。他沉浸在对往事的回忆之中了。

那个令我们全村人都终生难忘的秘密是：从野地鼠洞中可以搞到粮食。

那不是别的，是他妈的粮食，是人人都梦寐以求的狗日的粮食啊！

那种迫使我肃穆以对的情景曾反反复复幻化在我的眼前：晨色蒙蒙，村里的男人们默默地扛起铁锹镐头鱼贯而出，他们肩负着重大的历史使命，他们满怀希望走向冬天的原野……

我的父亲一直连续感慨了几十年。

他说："怎么会有那么多的野鼠洞呢？洞里怎么会有那么多的粮食呢？十几斤，几十斤啊！"

当我掌握了油嘴滑舌的技巧之后，我对父亲说："那是很正常的，当时不是已经传达了深挖洞广积粮的指示么？"

我的父亲感到迷惑不解的是，挖开了那么多野鼠洞，却很少直接从洞中挖出野鼠来。他问我："这是怎么回事呢？"

当我的学识已经渊博得在村子里无人可比的时候，我轻而易举地化解了父亲的疑问。我说："野鼠，也包括其他鼠类，他们的洞穴是很复杂的，有走廊，有粮食储藏室，有卧室，有卫生间，也许还有客厅吧。通常，卧室离卫生间和粮食储藏室都比较远，而且深度不在一个水平线上。"

我的父亲不知道我的这点知识是从一本书上偷来的。他听得津津有味而且连连点头。

那些可怜的倾家荡产的野鼠们全都是在树上死去的。它们把自己吊死在树杈上。那年冬天，我们村子周围几乎每一棵树上都结满了那种让人感到意外的果实。我很担心父亲问我这是怎么回事，但他从来没有问起过。他被那种怪异的景象惊呆了，一直到现在都没有清醒过来。

在那个饥饿的冬天，我们村子里没有一个人死去。他们靠稀粥活了下来。挨到春天，树叶儿绿了，野菜萌芽了，再过些日子，芳香的槐花开遍了山冈，整个村子呈现出了一派蓬勃的生机。

就是在那个冬天，我们村里却举行了一场规模盛大的葬礼。在极其悲哀的气氛中，人们摇动树干，野鼠的遗体纷纷坠落，如同下了一场冰雹。一个巨大的坟墓埋葬了它们。北风吹过，人们的泪水在脸上结成了晶莹的固体。

我的父亲对我说过，那年，整整一个冬天没有下雪。在快要立春的时候，也就是在为野鼠们举行葬礼的第二天，下雪了。多么大的雪啊，像一片漫无边际的孝布，覆盖了整个宇宙。

还钱

从镇子上往回走的时候，李菜窝还在心里嘀咕了一会儿：要不要走上沟那条路呢？从上沟走倒是一条近路，可是一旦遇见王儒臣怎么办？要不，还像来的时候那样，走南屯那条路？

李菜窝在镇子上转悠了一个下午，已经有些累了。他犹豫了几分钟之后，还是决定走上沟的那条近路。他在心里抱了一个侥幸：怎么那么巧就能遇到王儒臣？

走近那个名叫上沟的小村子，李菜窝的心怦怦地跳了起来，他像个侦察兵似的提高了警惕。人家侦察兵提高警惕是为了保卫祖国，李菜窝没有那么高的境界，他提高警惕是为了保卫自己的钱包。他借了王儒臣一笔钱，已经过了还钱的日期，可他手头上很不宽裕，也就是说，他暂时还不起这笔钱。这个时候，他连见鬼都不怕，就怕见到王儒臣。怎么跟人家说呢？当初可是拍了胸脯打了欠条的。

李菜窝看见几个人站在街道中间说闲话，他放慢脚步，躲到一棵老杨树后面仔细观察了一番。还好，一个都不认识。李菜窝打算用狗撵兔子的速度从那几个人身边走过去。当他走到离他们只有一两米远的时候，李菜窝傻眼了，他看见了王儒臣！躲是来不及了，王儒臣正用他的死羊眼紧紧地盯着他呢。李菜窝只好硬着头皮走过去，一边走一边在心里骂：“他妈的，这家伙难道是从耗子洞里蹦出来的？”

本来李菜窝对王儒臣还是抱了一点愧疚之心的，可他跟王儒臣还没说上三句话，他的肺就差一点气炸了，他恨不得一拳砸死那个狗日的王儒臣。“当着别人的面提还钱的事，他王儒臣也太不给我面子了吧？我李菜窝是那种欠债不还的人么？”

李菜窝的气是在心里头生的，脸皮子上却一点生气的痕迹也没露出来。

他用吃奶的力气挤出满脸的笑，对王儒臣说："钱嘛，我早就准备好了，明天上午九点你到我家来取吧。"

停了一瞬，他又说："别忘了带那张欠条。"

李菜窝已经把王儒臣恨到骨髓里了。他回到家里苦苦想了半宿，终于想出一个报复王儒臣的好主意。他一巴掌拍醒了自己的老婆张红花，兴高采烈地对她说："明儿一大早，你把女儿女婿都叫回来，我打算去跳井啦。"

李菜窝的跳井计划安排得很周密。先是准备一根竹竿，越粗越好，一头绑上石头，扔到自己家菜园的那口井里。这件事李菜窝可以自己干。让他高兴的是，扔到井里的那根竹竿正好高出水面一点点，斜搭在井壁上。女儿的任务是从八点钟开始潜伏到村口当暗哨，发现王儒臣的身影就赶紧跑回来报告。女婿负责用辘轳上的井绳把李菜窝送到井下。入水后，李菜窝会紧紧抱住竹竿，免得自己被淹死。与此同时，女儿要一遍一遍大声喊叫："来人啊，救命啊，有人跳井啦！"这时候村里没几个人，大家都上山干活去了，喊叫的目的是把王儒臣吸引过来。在王儒臣走进菜园之前，女婿还要负责把李菜窝从井里摇上来，放到井台上装死。张红花呢，当然不能闲着，她要坐在井台上，双手不停地拍打地面，一边拍打一边号啕大哭。女儿也要跟着哭。张红花哭丈夫，女儿哭爹，要哭得就像丈夫和爹同时死掉了一样。李菜窝特别强调的就是这一点，他对一老一少两个女人说："你们要是哭得不像，我就真的死给你们看！"计划的最后一步是让女婿缠住王儒臣，别让他靠近井口。李菜窝对女婿说："要是让王儒臣看见井里有一根竹竿，我这井就白跳了，这个道理你懂不懂？"

事情就像李菜窝所期望的那样发生了。王儒臣一进村就听到了喊声，接着又听到了哭声。王儒臣循着哭声来到菜园，看见李菜窝水淋淋地躺在井台上，他的老婆和女儿在旁边一边拍打地面一边哭，哭得鼻涕一把眼泪一把。王儒臣想走近了看，却被一个身强力壮的年轻人拦住了去路。王儒臣不认识这个年轻人，也不知道他为什么要拦住自己。可他又实在不甘心就这么走开，僵持了一会儿，他只好张开嘴向这个年轻人打听打听有关李菜窝跳井的一些情况。

王儒臣说："李菜窝为什么要跳井？"

年轻人说："李菜窝是我老丈人，听说有人向他逼债，他一时想不开，就跳了井。"

王儒臣的心悬了起来。这时候，年轻人突然瞪大了眼睛，扭头望着天上的太阳，咬牙切齿地说："我老丈人要是有个三长两短，我非捏死那个逼债的人不可！”

王儒臣倒吸一口冷气，愣了一瞬，赶紧转身一路小跑溜掉了。

秋天的井水很凉，李菜窝让井水一激，感冒了。以后的几天里，李菜窝一边打着喷嚏一边不停地对那些喜欢问东问西的人说：“谁说我是跳井？啊嚏！放屁！我是不小心掉进井里去的。”

1960年的甜言蜜语

我的老叔和老婶之间，肯定藏着一个秘密。这个秘密在他们之间已经隐藏了几十年，他们经常拿这个秘密开玩笑。我小的时候就听过这个玩笑，我长大以后也听过很多次，但我听不懂，我不知道老叔和老婶为什么要哈哈大笑。

我的老叔和老婶有一个共同的爱好，吃鸡蛋。煮鸡蛋、炒鸡蛋，都喜欢吃，但他们好像更喜欢吃炒鸡蛋。

老婶在锅台前忙着炒鸡蛋的时候，如果老叔在身边，她一定会说："你到鸡窝里下蛋去吧，多下几个蛋，我等着吃你的蛋呢。"

这有什么好笑的呢?

老叔却不行了，他哈哈大笑起来，有时还能把眼泪笑出来。看见老叔笑成那个样子，老婶也忍不住哈哈大笑起来，有时也能把眼泪笑出来。

老叔和老婶之间的感情真好。红嘴堡的老年人都说，他们年轻时好得像一个人似的。现在他们都老了，老了老了，感情却一点儿不见老，两个人单独在一起的时候，嘀嘀咕咕的，有说不完的悄悄话。

村里人都很羡慕老叔和老婶。

有个调皮捣蛋的年轻人说："看看这老两口儿，粘粘糊糊的，相当热恋啊。"

我听不懂老叔和老婶之间的玩笑，只好愣愣地站在一边看着他们。记得小时候我问过他们一次，可他们根本就没有理我。

我说："你们为啥要哈哈大笑?"

他们没有回答我的话，只是笑声更加响亮了。

我讨了个没趣，只好回家去问爹。

我爹却说："你去问问你老叔和老婶不就知道了?"

这叫什么话？我生气了，从此不再问他们这个问题。

直到我大学毕业参加工作以后，我才弄清了老叔和老婶之间的秘密。

我把第一个月的工资拿回家里买了酒肉鱼虾，请爹和老叔喝酒，同时也请妈和老婶喝酒，感谢他们多年来对我的养育和关照。妈和老婶不喝酒，她们吃完饭就钻进里屋叽叽喳喳说闲话去了。爹和老叔却喝得特别痛快，一杯接一杯，干！那天晚上，他们都喝醉了。乘着酒兴，他们说起了很多陈年旧事，老叔和老婶之间的秘密就藏在其中。

1960年春天，我的老叔和老婶开始了他们的初恋。那正是“三分天灾，七分人祸”的时候，大家都很饿，整个时代也很饿。大家都饿得晃晃荡荡的，时代也饿得晃晃荡荡的，连路都走不稳，我老叔和老婶之间的爱情，却在一阵袅袅而起的炒黄豆的香味中稳稳当当地走了过来。

有一天我老叔在山脚下无意中发现了一个田鼠洞。他用一把铁锹挖开了那个田鼠洞。他从田鼠洞中挖出了不少黄豆。他高兴极了。他没有回家，从山坡上捡了些柴禾，点了一把火，在铁锹上把黄豆炒了，装了满满两口袋。

当天晚上，我老叔把老婶约到月光下面，他们谁也不说话，闷闷地坐在草地上，一粒接一粒吃炒黄豆。在此以前，老叔连一粒黄豆也没舍得吃。

老叔和老婶的初恋就这样开始了。

吃完了炒黄豆，老叔和老婶都有了力气，他们开始说话了。

老叔说：“村里有很多人快饿死了，他们的腿都浮肿了，一摁一个坑，一摁一个坑。我的腿还没有浮肿，不信你摁摁。”

老婶说：“我的腿也没有浮肿，不信你摁摁。”

那天晚上我老叔很幸福地摁了摁老婶的腿，我老婶也很幸福地摁了摁老叔的腿。摁完了腿以后，他们继续坐在那里说话。

老叔说：“你告诉我，你最爱吃的东西是啥？”

老婶说：“我最爱吃的东西是鸡蛋。煮鸡蛋、炒鸡蛋都爱吃，但我更爱吃炒鸡蛋。”

老叔想了一会儿说：“我是一只鸡就好了，现在就蹲在这里下几个蛋给你吃……”

老婶哭了。她软绵绵地躺在老叔怀里，流了很多眼泪。

两年以后，老叔和老婶才结了婚。

我说：“你们为啥不早一点结婚呢？”

“不行，”老叔说，“那时候饿得连结婚的力气都没有。”

老叔说完就笑了起来，爹也笑了，在里屋说闲话的老婶和妈也跟着笑了起来。

我却没有笑。我叹了一口气，端起酒杯，一仰脖，干了。

我心里在流泪。

后来，我把老叔和老婶的恋爱故事说给我的女朋友听，她笑嘻嘻地搂着我的脖子说：“你真会开玩笑。”

为什么要远远地躲开

接到大学的录取通知书以后，我一下子心花怒放起来，我们全家人也都心花怒放起来。可惜花期太短，不到两天时间，我心中的鲜花就一下子枯萎了，我们全家人心中的鲜花也都一下子枯萎了。

昂贵的学费压得我抬不起头来，也压得我们全家人都抬不起头来。

该怎么办呢?

我的父亲是一个农民，我的母亲也是一个农民，一年到头，辛辛苦苦地挨下来，攒不了几个钱。我的妹妹不是农民，可她连农民也不如，她正在读初中，除了身上穿的，是一无所有哇。

到底该怎么办才好呢?

父亲说:“你不要着急，你们谁都不要着急，我有办法。”

父亲的办法充其量是个没有办法的办法。他走遍了红嘴堡每一条布满尘埃的小路，挨家挨户去借钱，几天下来，才刚刚凑足了学费的一半。父亲再也不说他有办法了，整天闷在家里，一声不响地抽烟，一支接一支，抽烟。

在父亲唉声叹气的同时，我倒是想出了一个办法。我的办法充其量也是个没有办法的办法，可除此之外，我还能有什么办法呢?病急乱投医，试试吧。

我到离红嘴堡不远的皮口镇上去了。我去找刺儿头。我们这里的老话儿，把那些行为不端、喜欢打架斗殴的小青年一概称之为刺儿头。在村子里跟人闲谈的时候，我听说皮口镇这两年出了个有名的刺儿头，整天在大街上晃来晃去的，找碴儿跟人打架，把人家打坏了就赔钱。刺儿头他爹是个搞企业的，家里有的是钱。

村里人说:“那个刺儿头，是他爹的一块心病，经常几千几千地给人家赔钱……”

村里人说：“那个刺儿头，谁都不敢惹他，下手贼狠！”

我偏要惹他！我倒要看看他能把我怎么样！

但这话我是不敢说出口的。假如我真的说出了口，村里的老少爷们肯定会觉得这是一件非常可笑的事情。他们会不屑一顾地对我说：“就凭你？拉倒吧。你站着没有饭桌高，蹲着没有烧鸡大，不让人家打得屁滚尿流才怪！”

我就是要让他打得屁滚尿流。我希望他下手越狠越好。他爹不是经常几千几千地给人家赔钱么？那就让他爹把钱赔给我好了。把钱赔给我，我就不用再为学费的事情发愁了，我们全家人也都不用再为学费的事情发愁了。这是一件多么好的事情啊。

我很幸运，我在皮口镇的大街上巡逻了不长时间，就发现一个膀大腰粗的小青年吹着流里流气的口哨调戏一个挺好看的女孩子。女孩子加快了脚步，他也加快了脚步。他的身后还跟了两个小青年。跟在他身后的两个小青年一边走着一边笑着，摆出一幅笑嘻嘻讨人嫌的样子。我在心里认定，那个膀大腰粗的小青年就是刺儿头。

我走到他的对面，用很响亮的声音对他说：“你就是那个很有名气的刺儿头么？”

他愣住了。跟在他身后的两个小青年也愣住了。

他愣了一会儿，说：“就算你说对了，你要怎样？”

我说：“我不想怎样。我只是要警告你，以后不准再欺负人！”

他扭头看了看那个已经走远的女孩子，又扭过头来对我说：“你是谁？你是她的哥哥还是她的男朋友？”

我说：“我不是她的哥哥，也不是她的男朋友，我是红嘴堡的王小多。”

他说：“王小多？王小多是个什么狗屁东西，我劝你少管闲事。”

我冲着他抻了抻脖子说：“这个闲事我管定了。我再一次警告你，以后不准再欺负人！”

他终于发火了。他抡起拳头对我说：“叫你多管闲事，我他妈的扁死你！”

紧接着，有一股冷风向我袭来。我心中掠过一阵窃喜，赶紧闭上眼睛咬紧牙关，准备迎接来自刺儿头的空中打击。

我等了一会儿，奇怪，他的拳头并没有落到我的身上，怎么回事呢？

我睁开眼睛，盯着刺儿头。

他摇了摇头说：“我不能打你。你长得又瘦又小，像个鸡骨架似的，我打了你，别人会笑话我的。”

他又回过头对身后的两个小青年说:“我打了他,别人会笑话我的,是不是?”

两个小青年像傻瓜一样哈哈大笑起来。围观的人群也跟着哈哈大笑起来。刺儿头也忍不住哈哈大笑起来。

我的阴谋没有得逞。我很愤怒!

我不甘心。一连几天,我都在皮口镇的大街上寻找刺儿头。我真的很幸运,我每天都能找到他。

我一次又一次对他说:“我警告你,以后不准再欺负人!”

他的拳头每次都是举起又放下。

他一次又一次对我说:“我不能打你,我打了你,别人会笑话我的。”

后来,一看见我,刺儿头就会远远地躲开。

我很沮丧。红嘴堡的老少爷们却一个个都很高兴。他们说:“王小多真了不起,连皮口镇的刺儿头都让他给摆平了。”

有一个自作聪明的人还摇头晃脑地说:“这叫卤水点豆腐,一物降一物。”

听了这些话,我突然很想哭。我不明白,我好不容易才考上了大学,可我的学费,它为什么要像刺儿头一样远远地躲开?

父亲的白条

1946年11月,国民党新6军攻占老镇皮子窝不久,我的父亲就迎来了他生命中最严重的一次惊慌失措。

东北民主联军的郭连长带着几个战士来到一个名叫红嘴堡的小村子里，从我父亲家里借走了几百斤玉米。郭连长在一张白纸上写下了一些字，然后把它交给我的父亲。

郭连长说:“侯振田同志，革命胜利以后，我们借的粮食会还给你的。”

郭连长还说:“你要好好保存这张纸条。革命胜利以后，凭着这张纸条，我们一定会还你粮食的。”

我的父亲用手指头捏着那张纸条，翻来覆去看个没完。他整整一夜没有合眼。他在心里一次次问自己，这究竟是怎么一回事呢?

很久以后我父亲才知道，那张纸条的名字叫“白条”。

此后郭连长经常到我父亲家里来。他已经不是郭连长了，他变成了武工队的郭队长。他是到敌占区去打游击的。我父亲的家，处于敌占区和根据地交界的地方，郭队长和他的武工队经常路过这里。

每次见到郭队长，我的父亲都要问上一句:“革命胜利了么?”

郭队长每次都说:“革命一定会胜利的。”

我父亲是一个热情好客的人，郭队长和武工队到家里来，无论白天还是晚上，他都要请他们吃饭。也没啥好吃的，烀大饼子熬白菜，外加一碟小咸鱼儿。这样隔三差五吃下去，家里的粮食越来越少了，临近开春，除了一点点玉米种子，就再也没有正经粮食了，全靠萝卜白菜打发日子。

我的父亲也许知道也许不知道，那时候，整个根据地军民的日子都很困难。由于困难，郭队长和他的武工队才有了到敌占区大规模借粮的举动。

我的父亲曾经跟随郭队长到敌占区借过一次粮食。那天晚上，他看见郭队长写下了几十张白条，把它们分发到地主富农的手里，对他们说：“借不借粮，是对共产党、对东北民主联军的态度问题，你们要好好想一想……”

跟随郭队长到敌占区借粮的故事在我父亲嘴里津津乐道了几十年。然而他更加津津乐道的，却是另外一个故事。那也是一个借粮的故事，不过故事的主角不是郭队长，而是我的父亲侯振田同志。

1947年6月，辽南我军向国民党军队发动了强大的夏季攻势，很快就解放了皮子窝。我的父亲好不容易找到了郭队长，对他说：“这一回，革命算是胜利了吧？”

郭队长说：“还没有。我们马上就要出发，我们要把东北的国民党反动派全部消灭！”

我父亲的本意是想问问郭队长能不能还给他一点点玉米，家里眼瞅着又要断粮了，孩子哭老婆闹的，他总该想出个什么办法才行啊。

郭队长的一番话，把我父亲心里的小算盘砸了个粉碎。他垂头丧气回到家里，冲着老婆孩子大发了一通无名之火。

我那救世主一样的父亲最后终于想出了一个好主意。他把村里几个跟他关系密切的年轻人叫到家里，对他们说：“今天晚上，跟我出去一趟，咱们去搞点粮食。”

村里边几乎家家户户都缺粮食。几个年轻人听了这话，眼睛里都发出了太阳般的光芒。

夜幕降临以后，我的父亲出发了。他们一伙人坐在一辆马车上，朝着早些时候还是敌占区的方向走，马不停蹄地走！咬牙切齿地走！走到天亮，他们来到一个名叫鲁家屯的小村子。

在鲁家屯，我父亲模仿着郭队长的口气，唾沫飞溅地把自己的舌头嚼了整整一个上午。

我的父亲说：“借不借粮，是对共产党、对东北民主联军的态度问题，你们要好好想一想……”

我的父亲说：“我们马上就要出发。我们要把东北的国民党反动派全部消灭！”

我父亲喷了一个上午的唾沫，才借到几麻袋玉米。想想也是，青黄不接的当口，谁家会有很多的存粮呢？

我父亲非常想念鲁家屯的地主。他问鲁家屯的人：“你们村的地主到哪里去了？”

鲁家屯的人说：“一个跑掉了，另一个让武工队枪毙了。”

对我父亲来说，1949年10月10日，才是真正的“革命胜利”的日子。那一天，新金县人民政府贴出的告示上说，整个解放战争时期，人民军队从群众手中借的粮食，现在以两倍的数量返还。

我父亲乐颠颠地赶着马车向皮子窝走去。皮子窝是当时的县城，属于我父亲的玉米暂时就储存在那个地方。

接近皮子窝的时候，我的父亲突然把马车停住了。他坐在车上犹豫了很长时间，默默地掉转车头折了回来。临近家门的时候，他又犹豫了很长时间，又掉转车头折了回去。就这么折来折去，不到两公里的距离，他走了整整一个下午仍然没有到达目的地。

黄昏降临了。我父亲掏出怀里的白条，用力地撕了个粉碎，然后把那些细小的纸片撒向了天空。

那一瞬间，秋风浩荡。

海神

日子一天天往下数，家家户户的豆罐里都有了126粒黄豆。一天一粒黄豆，那就是126天。生产队长许茂山的心已经悬到嗓子眼儿了，整个村庄的心也悬到嗓子眼儿了。

这是从来没有过的事，从来没有。在人们的记忆中，船队出海最长的时间是121粒黄豆。那一回，船队遭遇了台风的袭击，损了一条船和六条性命，躲到烟台休整。接着又碰上了鱼汛，整个船队的眼睛都红了。返航归来，整个沙滩哭声一片。那是十多年前的事情了。这一回呢？这一回船队遭遇了什么?!

许茂山十五岁上船，六十岁下船。他创造了一个奇迹。在此以前，许家窝棚的渔民没有活过六十岁的。大海无情啊。

在许茂山的手里，船队有过一段辉煌的历史。他们出渤海，一路向南，绕过旅顺老铁山进入黄海，转向东北，到过鸭绿江口；转向东南，到过胶东半岛。最远的一次，到达黄海和东海的交界，舟山群岛。船队没有预定的方向，鱼汛的方向就是船队的方向。鱼虾满舱，找最近的港口靠岸，把鱼虾换成票子，再追逐鱼汛而去。到了非休整不可的时候，才肯掉头返回家乡。所以，船队每次出海，三两个月不回家是很正常的事。不过，到了126粒黄豆还不返航就不正常了。很不正常。

许茂山心里打鼓了。他走出家门，望着山崖上那一指高的人影呆呆地发愣。那一指高的人影，是他的儿子涛立。从121粒黄豆开始，许茂山就打发涛立天天爬上山崖眺望大海。

1965年的太阳升起又落下，落下又升起。六天了，海浪拍打礁石的声音还是那么空洞，一点实在的内容都没有。没有。

村庄死寂死寂的。老人、妇女、还有留守的七个壮年渔民，都相对无

言。都在担心，但谁也不敢说出口来。小学校里的读书声也有气无力的。白天，人们默默地干活；晚上，翻来覆去睡不着觉。连吃饭的咀嚼声都很小，小到根本听不见。

许家窝棚的老规矩，船队每次出海，都要留下七个壮年渔民，由他们照顾村里的老小和妇女。两百口子的村庄，没有几个壮年人当主心骨怎么行？这个老规矩里还蕴藏了另一层含义，就是为村庄留下几粒“种子”。一旦船队出现意外，村庄不至于遭受灭顶之灾。

这是一个世世代代以打鱼为生的村庄。仅有的几十亩山坡地是养不了人的，只能向大海里要活路。早年使用的是风船，后来才有了小马力的机帆船。据说，在清朝宣统年间，发生过一次大的海难，整个船队一去不回，村庄从此衰败下来。也就是从那时开始，才有了各种各样的规矩。

已经是下午了。许茂山心里很乱，眼睛里却红彤彤地冒了火。一锅子老旱烟咬在嘴里，一口一口，吐出了满腔的苦涩和心酸。

涛立冲进家门，上气不接下气，说：“爹，他们……他们回来了！”

回来了？他们回来了？许茂山一步跨到院子里，拎起了自己的耳朵。他听见了，汽笛！九声长笛啊。

许茂山的脸上老泪纵横，他面对许家窝棚大吼一声：“杀猪，祭海神!”

“杀猪祭海神喽——”涛立奔出家门，喊声立刻传遍了整个村庄。死寂了很多天的许家窝棚立刻沸腾起来。每个人都在大声喊叫，“噢——噢噢——”，所有的狗也都汪汪地叫起来了。

沙滩上很快冒出了九缕烟火。那是用青艾蒿点起的烟火。那是避邪的烟火。九堆烟火，是告诉海上的亲人，家里一切都好，一切都好啊。

海上的船队越来越清晰了。在距离海岸大约一公里的地方，十几条船一字排开，然后下锚。他们再次用九声长笛告诉许家窝棚，他们一切都好，一切都好啊。

许茂山站在沙滩上凝望着船队。他知道，船队在等待涨潮。老规矩，出海的渔船必须在涨潮的时候才能靠岸。这也是向海神爷讨个吉兆哇。

白条猪抬到了沙滩上，那是献给海神爷的祭品。全村老小也都聚集到沙滩上了。每个人都在大声喊叫，“噢——噢噢——噢——”。每个人的脸上都挂着泪。浑浊的泪，晶莹的泪，欢喜的泪。眼泪比沙子还多。

祭海开始了。整个村庄都跪在沙滩上，听许茂山的号令，一叩首，二叩首，三叩首。“海神爷，保佑啦——”

声音是那么的悠远，那么的苍凉，那么的悲壮，那么的神圣。

许茂山站起身来。他的额头染上了斑斑的血迹。他身下的几块鹅卵石上，也染上了斑斑的血迹。

涨潮了。船队靠岸，所有的船员都跳下船来，蹚着齐腰深的海水往岸上走。他们的脸色是山崖的脸色，黑中透黄。他们的表情是山崖的表情，肃穆、峻峭、坚硬。他们走上岸来，齐刷刷跪在许茂山的脚下。一叩首，二叩首，三叩首。“海神爷，保佑啦——”

声音也是那么的悠远，那么的苍凉，那么的悲壮，那么的神圣。

说不清从哪一天开始，许家窝棚的渔民把风头浪尖上打拼了大半生的许茂山当成是真正的海神，至高无上的海神！

海神许茂山面对着大海默默无语。黄昏降临，海的那一边，挂着一轮血色夕阳。辽阔的大海上，无休止地涌动着一团团白色的冰冷的火焰。

16枚硬币

俗话说，好吃不过饺子，舒服不过躺着。刘二说：“老辈人留下的这句话，真是有道理。”他说，他从小到现在，最爱吃的就是饺子，干了一天的活之后，又累又乏，最爱做的事，就是躺着。他说他小时候不爱躺着，在村子里到处乱跑。他说他虽然瘸了一条腿，却能跑得很快，好腿的孩子也落不下他。

当然，让刘二感到最自豪的事情不是吃饺子，也不是躺着。他感到最自豪的事情，是小时候妈妈对他说过的一句话。妈妈说：“二小，你是一个有志气的孩子，也是一个有福气的孩子。”

这句话妈妈一连说了很多年。刘二24岁那年，妈妈一个人搬到荒山上去住了，从此不再给家里人包饺子，也不再说那句话了。

小时候，刘二家里的日子是很穷的。可是再穷，过年也总要吃顿饺子。过年嘛，不吃顿饺子能算过年？

饺子是必须要吃的，而且，乡间的习俗，饺子里还要包上一两枚硬币，谁吃到了，就预示着谁是一个有福气的人。

刘二8岁那年，在自己的那碗饺子里吃出了一枚2分钱的硬币。他把一个圆滚滚的饺子填进嘴里，用力一咬，就听见“咯嗤”一声，他兴奋得差一点跳起来。

他把嘴里的硬东西吐出来，大声宣布：“我吃到钱啦。”

刘二的妈妈捡起他吐在桌子上的2分钱硬币，用手指擦干净之后又送给他，喜滋滋地对他说：“二小，你是一个有志气的孩子，也是一个有福气的孩子。”

听妈妈这样说，刘二咧开大嘴笑了，还抬起一只手在自己的后脑勺上轻轻挠了两下。

刘二8岁那年，他开始上小学了，他的一条瘸腿遭到了同学们的嘲笑。

在村子里到处乱跑的时候不是这样。村子里的孩子没有嘲笑他的，他们天天在一起玩儿，看不见刘二的瘸腿；或者是，他们觉得，刘二天生就应该有一条瘸腿，没啥好奇怪的。学校里的孩子还没有修炼到这种程度，他们一看见刘二的瘸腿就大呼小叫起来，后来还把他的瘸腿编成了顺口溜到处传唱。那些日子，刘二每天肚子都气得鼓鼓的。

自从吃到了2分钱的硬币，刘二就不跟那些嘲笑他的孩子计较了。他在心里对他们说:“我是一个有志气的孩子，也是一个有福气的孩子，我不会在乎你们说什么。”

从8岁到23岁，刘二年年嘴里都要“咯嗤”一声，年年都能从饺子里吃到2分钱硬币，妈妈也年年都要重复一遍她说过的话。妈妈的话，给了刘二做人的底气，他觉得，这辈子，他一定会做出一件让人高看一眼的大事情。

刘二23岁那年，发现了一个很重要的秘密。年夜饭的饺子已经煮好了，却迟迟没有端上来。刘二着急了，进厨房去看，他看见妈妈正在用手指头去捏那些煮好的饺子，嘴里还嘟嘟囔囔的说:“我做了记号呀，怎么找不到了?”

那年的饺子有不少让妈妈的手指头捏破了。吃饺子的时候，刘二的眼圈一直是红的。

刘二23岁那年，他总共积攒了16枚亮晶晶的带有齿痕的2分钱硬币。

妈妈去世以后，刘二用那16枚硬币买了一棵槐树苗栽在妈妈的坟前。转过年，他向村委会递了申请，承包了那座荒山。

从此，每年的年夜饺子刘二都是跟妈妈一起吃的。他把一碗饺子端到妈妈的坟前，说一句:“妈，过年了。”就大口大口吃起来。自然而然的，他的嘴里会“咯嗤”一声。他从嘴里吐出2分钱硬币，对妈妈说:“妈，二小是一个有志气的孩子，也是一个有福气的孩子。”说完，他的泪水会像溪水一样从眼眶里涌出来。

如今，刘二妈妈坟前的那棵槐树已经长得很高了，刘二承包的荒山也绿得不能再绿了。雨后，山沟里到处都是清清的溪水。他不想让那些溪水白白流掉，就在山下修了一个池塘，种上了莲花，养上了鱼。

夏天的中午，刘二喜欢躺在池塘边的树荫里看粉红粉白的莲花在微风中摇曳，看鲤鱼在水面上撒欢，听草鱼吃草的“嚓嚓”声。他的脸上写满了得意。常常，就这样不知不觉的，他沉浸到好梦当中了。

村里有人看见过刘二在树荫里酣睡的模样，感慨地说:“舒服不过躺着，这个刘二，真是好福气。”

差点忘了说，刘二现在已经不叫刘二了，他的大名叫刘志福。

旧社会的猪肉炖粉条

牛老三这些年是越来越粗了，像青春期的公牛一样粗得很，腰粗腿粗脖子粗，连说话的口气也粗。用村里人的一句话说，这个牛老三啊，他现在是牛得很。

牛老三早就不在村子里混事了，把自己那个村委主任的头衔“唰”地一扯，就跑到城里混事去了，混来混去，到底让他混出了名堂。用村里人的一句话说，这个牛老三啊，他真是能混。

牛老三这些年忙得很，只有在过年的时候才回到村子里来，回来看看他爹他妈，看看他的兄弟姐妹。

听说牛老三回来了，村里有不少人就会放下手中的活计，匆匆赶到牛老三家里，名义上是来看望牛老三，实质上是来抽他带回来的好烟，喝他带回来的好茶，嚼他带回来的好糖果。每到这个时候，牛老三总是莫名其妙地哈哈大笑，一边跟众人扯着闲嗑，一边当着众人的面把一个鼓鼓囊囊的布袋子放到他爹的眼前。

牛老三他爹已经很老了，老得连话也不愿意说了。平日里爱说的话只有两句，一句是“我是牛老三他爹”，另一句是“我有钱”。

但过年的时候就不一样了。过年的时候，牛老三他爹会用一双颤抖的老手打开牛老三放到他眼前的布袋子，从里边掏出一沓沓崭新的钞票，然后歪着脑袋，蘸着自己的口水，一张张地数起来。牛老三他爹的老手跟崭新的钞票互相摩擦，发出沙沙的响声。这时候，牛老三他爹开始说话了。

牛老三他爹笑嘻嘻地说:“这声音真是好听。”

牛老三他爹不知道，牛老三故意把大额的钞票换成小额的，让他数来数去，把好心情延长得更久一些。

牛老三私下里对众人说:“我爹喜欢数钱，让他数着玩吧，高兴就好。”

牛老三他爹把一布袋子的钞票数来数去，数完一遍又数一遍，终于把自己数糊涂了。这时候，他才会把歪着的脑袋正过来，心满意足地做一个深呼吸，用一根粗糙的手指把牛老三勾到自己身边，咳嗽两声之后，郑重地开始了他一年当中最漫长的一次谈话，说的是在旧社会他给地主老财冯贵堂当长工的故事。

这个故事，牛老三已经听过很多次了，他早就听腻了，于是这一年，当他看到他爹咳嗽了两声的时候，就先开口说："爹，你这辈子最高兴的一件事是什么？"

牛老三他爹正要开始讲述给地主老财冯贵堂当长工的故事，听牛老三这么一说，他吓了一跳。他慢腾腾地抬起自己的上眼皮，盯着牛老三看了一会儿才说："三儿，你刚才说什么？"

牛老三说："爹，你这辈子最高兴的一件事是什么？"

"噢，你是问我最高兴的事。"牛老三他爹的上眼皮掉了下来，他歪着脑袋想了一会儿，突然一拍大腿说："那还是我给冯贵堂当长工的时候……"

牛老三他爹的唾沫开始飞溅起来。他说："那一年是个丰收年，玉米棒子长得比咱家的棒槌还长。秋收的时候，下起了连阴雨。冯贵堂的眼睛都红了。你想啊，庄稼都放倒了，如果不赶紧抢回来，还不都烂到地里了？"

牛老三他爹说："冯贵堂的眼睛都红了，他雇了不少短工，加上几个长工，整天在庄稼地里滚，滚得像个泥猴似的。冯贵堂自己也腰扎草绳下了地，白白净净的一个人，也滚得像个泥猴似的。"

牛老三他爹感慨地说："那些日子啊，我的腰都快累断喽。"

牛老三说："爹，这是你最高兴的事？"

牛老三他爹摇起了头，把头摇得像风轮一样快。他说："我高兴的不是这个，我高兴的是那些日子吃得好，顿顿都是猪肉炖粉条，可劲造！"

牛老三他爹眯着眼睛笑了起来。他笑着说："那个冯贵堂，他倒是不傻，知道大伙儿吃了猪肉炖粉条才有力气给他干活。"

说到这里，牛老三他爹用右手的手掌擦了擦自己的嘴角，自言自语地说："那时候的猪肉炖粉条，真是好吃啊。"

牛老三撇着嘴角说："爹，你喜欢吃猪肉炖粉条？我现在可以让你顿顿都吃猪肉炖粉条。"

牛老三他爹又一次摇起了头。他说："不一样，旧社会的猪肉炖粉条跟现在的不一样。"

这一年，牛老三家的年夜饭里上了一道猪肉炖粉条。牛老三他爹吃了两口就放下了筷子，他摇着头说："不一样，我说不一样就是不一样！"

牛老三在心里说："我这个爹，他现在是想吃什么就能吃上什么，还可以天天数钱玩，他倒老想着旧社会的猪肉炖粉条。"

接着牛老三也像他爹那样摇起了头，他一边摇头一边在心里说："我这个爹啊，真是一个奇怪的爹。"

美味辣椒

在所有的蔬菜当中，我对辣椒的喜欢达到了最高的海拔高度，就像站在珠穆朗玛峰顶上一样。我确信，有一天，我真的站在珠穆朗玛峰顶上，也非要吃几口辣椒不可。

大家都知道，四川人、湖南人喜欢吃辣椒，我一个东北人，跟着凑啥热闹？东北人应该喜欢吃大葱才对啊。大葱蘸酱，撑死爹娘嘛。

大葱我也喜欢，但我更喜欢辣椒。这是没有办法的事。年轻的时候坐下了病根，这辈子甭想治愈了。

那是1968年，我跟一伙愣头青响应领袖的伟大号召“上山下乡”，去了一个名叫腰屯的生产队。整天在田野里摸爬滚打，累得腰疼不说，最难熬的是没有新鲜蔬菜吃。每顿饭都是玉米糙子粥、一碟大酱和一盘很咸很咸的咸菜。皱着眉头吃，心里乱七八糟的，想骂娘，又不知道该去骂谁的娘。

我们喜欢唱歌。在我们“青年点”，最流行的不是革命歌曲，也不是《卡秋莎》和《红莓花儿开》之类的“黄色歌曲”，而是一首不知道名字的歌。这首歌至今我还能唱出来：

辽河水呀轻轻流淌
流入革命的大海洋
两眼含泪告别爹娘
豪情满怀上山下乡
一碗糙子一碟大酱
一盏油灯照泥墙
……

当时我们几乎天天都唱这首歌，特别是在饭前和饭后。这是一首伤感的歌，常常不知不觉的能把自己的眼泪唱下来。

那是一个夏深秋浅的季节，我发现住在同一个宿舍的李木舟几乎每顿饭都不在食堂里吃，而是端着满满一大碗糙子粥和一碟大酱回到了宿舍。他用上牙咬着下唇，脸上挂着神秘的表情。我忍不住跟着他去了，我要看看他到底在搞什么勾当。

李木舟发现了我，冲我招手，说："快来，我请你吃美味。"

美味？我觉得这个词儿有点陌生，但还是一路小跑进了宿舍。

李木舟笑眯眯地从兜里掏出几只辣椒，用一把剪子铰成一个个辣椒圈，然后跟大酱拌在一起，做成了满满一碟辣椒酱。

李木舟说："吃吧。"

还客气啥？赶紧吃吧。其实，我的嘴角早就湿了。

吃得满头大汗，一大碗糙子粥不知不觉就掉到肚子里去了。没吃饱，到食堂再盛一碗，一会儿工夫，又掉到肚子里去了。真是舒服啊。

李木舟说："美味吧？"

我赶紧点头，像鸡啄米似的："美味美味，特别美味。"

李木舟又说："你想不想天天美味？"

当然想了，王八蛋才不想呢。

"那好，"李木舟说，"你跟我来。"

我跟着李木舟走向了中午的田野，走了大概十几分钟，李木舟指着眼前的一片菜地说："就在这里，我们的美味就在这里。"

那肯定是当地农民的菜地，里边种了十几垄辣椒。到底是谁家的，李木舟也说不清楚。

那天中午，我和李木舟东张西望，确信田野里没人，这才走进菜地，各自摘了几只辣椒。李木舟交代过了，一次不能摘太多，要细水长流才好。做贼做到这个份上，才是真正的有水平，佩服佩服。

我跟李木舟从此成了无话不说的好朋友。有辣椒垫底，想不成为好朋友也难，你说是不是？

有时我们也担心，担心辣椒的主人一气之下第二年不种辣椒了。我们谈论了很多次，但每次都谈论不出结果，只好听天由命了。

第二年发现，那片菜地里的辣椒比以前还多出了十几垄，我们那个高兴，还走了半天的路到镇子上打了半斤散白酒庆祝了一番。

几年后，到返城的前一天下午，我才知道辣椒的主人是谁。

村里有个叫王灵香的姑娘到"青年点"来看我，手里提了一大兜子辣椒。

王灵香说:“知道你爱吃辣椒，带上吧。”

那天下午，王灵香跟我谈了很长时间，最后，她忍不住哭了起来。

那片辣椒是王灵香家的。我第一次去偷辣椒的时候就被她发现了。她躲在树丛后面，看着我和李木舟在菜地边上指手画脚，偷偷地笑了又笑。

王灵香说:“我本来是要喊的，看清楚是你，就喊不出口了。”

而且，第二年，是王灵香缠着她父亲又多种了十几垄辣椒。以后的每一年也都是如此。

我辜负了一个乡村女子的恋情，这辈子都难以偿还了。

一晃，30多年过去了。城市里没有菜地可种，但我每年都坚持在自己家的阳台上种几盆辣椒。盆里的土，是王灵香家辣椒地里的土。盆里长出的辣椒，是要做辣椒酱来吃的。我给它起了一个名字，叫“美味辣椒”。

泼妇

村里人一提起母亲就感到头痛。他们说:“老姜活着的时候，他老婆挺好的一个人。老姜一死，他老婆就变成了泼妇，这事真是蹊跷。”

他们说的老姜，指的是我父亲。

由于母亲的名声不好，我的两个姐姐到了谈婚论嫁的年龄却找不到好婆家。

村里人说:“泼妇的女儿，将来肯定是个泼妇，娶了她，整天冒烟喷火的，日子就没法过了。”

那时候我还小，还在读初中，还不懂谈婚论嫁的事，对村里人的闲言碎语也不在乎。我的两个姐姐却很在乎。特别是我二姐，对母亲非常不满，说起话来像刀子似的。

二姐说:“咱妈太不像话了，骂街上瘾，我的脸都让她丢尽了。”

大姐叹了一口气说:“别这样说妈，她也不容易。”

我不明白大姐为啥要说母亲也不容易。我看她挺容易的。不管是谁，要是惹了她，她一跺脚就上了房，站在房顶上舞舞乍乍破口大骂。母亲骂街的本领村里找不出第二个，像唱歌似的，能从夕阳西下一直骂到满天繁星。

母亲的开场白总是这样:“你让狗屎糊住了眼睛啊，欺负我一个寡妇家……”

村里的孩子真就把它编成了一首歌，到处传唱。

每次听到这首歌，我都低着头不敢抬起来，恨不得找个石缝钻进去。

那时候村子里偷盗成风，但在我的记忆里，我们家连续多年连一根鸡毛和一片菜叶也没有丢过。

二姐每次对母亲口出怨言，大姐总要说一句:“别这样说妈，她也不容易。”

后来我才知道，大姐为啥要这样说。

大姐的长相还是可以的，庄稼活儿也干得好。生产队长是个好色鬼，喜欢跟村里的大姑娘小媳妇动手动脚。他看上了我大姐，对她说，过几天就要评工分了，你依了我，我让你挣最高工分，说完就动起了手脚。大姐没有依他，红着脸、喘着粗气跑回了家。过了几天，果然评工分了，大姐是女社员里工分最低的。母亲觉得奇怪，追问队长，队长说大姐的思想不好，不服从领导。母亲回到家里追问大姐为啥不服从领导，大姐把队长调戏她的事情说了。母亲听完立刻就爆炸了。她先是站在房顶上喷了几脸盆唾沫星子，然后又闯进队长家里。很快，大姐的工分就跳到了最高点。

这些事都是村里人跟我说的。他们还活灵活现向我描述了母亲闯进队长家门的情景。

他们说:“你妈脱掉了自己的上衣，躺到队长家的炕头上，对队长说，要欺负你就欺负我吧，离我女儿远一点。”

他们还笑嘻嘻地说:“你妈走了以后，队长老婆像个疯子似的，把队长的驴脸抓出了几道血印子。”

从那时开始，母亲的名声就坏掉了。母亲索性破罐子破摔，变成了一个真正的泼妇。

二姐的亲事被退掉的那天晚上，她跟母亲之间爆发了一场战争。她关紧了家门，跟母亲大吵大闹。母亲一声不吭。二姐吵累了，趴在桌子上抽泣，这时母亲才开始说话。

母亲说:“我要是不变成泼妇，我们这一家人可怎么活下去啊。”

大姐哭了，母亲哭了，我也哭了，二姐哭得更厉害了。先是无声地哭，之后是小声哭，最后是放声大哭。我们流了很多很多泪水。我们在泪水中漂浮起来，摇摇晃晃，就像是坐在一条小船上一样。

那一天，我们全家人都把自己的泪水哭干了。以后不管遇到怎样的伤心事，谁也没有掉过一滴眼泪。

童年的白肉片

我的老家是黄海岸边的一个小村庄。小时候，我经常在洒满阳光的田野上荡来荡去，玩累了，就坐在山坡上，或者是海滩上，或者是小河边，或者是别的什么地方，呆呆地想，怎么还不结婚呢?

我不是说我自己。用我爷爷的话说，我身上的毛都没长全，离结婚还远着呢。我说的是别人，是村里那些二十几岁的男人。他们身上的毛早就长全了，为啥还不结婚呢?

偶尔，我斗胆在路上拦住他们，冲他们大喊大叫。

我说:“喂，你啥时候结婚?”

我说:“喂，你早点结婚好不好?”

他们的回答特别奇怪。有些我能听懂，有些我听不懂。

有人说:“快了快了，等我找到了对象马上结婚。”

有人说:“不着急，你姐还没长大呢。”

有人说:“我倒是想早点结婚，可我老婆还在她妈的肚子里。”

他们这样说的时候，周围的人就会哈哈大笑起来。他们自己也跟着哈哈大笑。

有一个家伙最可恶，我恨死他了。他说:“妈的，我结不结婚，关你屁事!”

我把他们的话告诉了爷爷。爷爷有时候也笑起来；有时候他默不作声，就像没听见一样；有时候他会咳嗽一声，说:“好好念书，别整天瞎扯淡。”

我有些不高兴，怎么是瞎扯淡呢?爷爷应该知道，别人结婚的那一天，是我最高兴的日子啊。

其实，别人结婚的那一天，爷爷也很高兴。临近中午的时候，他会背起双手，像大笨鹅一样，一晃一晃踱出家门，一直晃进办婚礼的那户人家。他是去吃酒席的。爷爷在村里的辈分高，谁家办喜事都早早地来请他，提前两三天就打招呼了。

那时候吃结婚酒席，也叫“吃八大碗儿”。意思是酒席上要有八种菜肴，都用大碗盛着。再穷的人家也要上八大碗儿，不然会被人笑话的。还有一个讲究，结婚的酒席上，一定要见到白肉。大家都很穷，怎么办呢？上一道肉片汤吧。一张小方桌坐四个人，汤碗里漂着四片白肉，不多不少，正好四片。这是最后一道菜，有点压轴戏的意思。

我说过，大家都很穷，所以不管谁家办喜事，其他的人家只能派出一个代表参加。我们家的代表永远是爷爷。

爷爷晃进了办婚礼的人家，会有不少人跟他打招呼。他呢，也大声跟别人说这说那。等菜一上桌，谁都不说话了。到处都是狼吞虎咽的声音，非常响亮。我听过那种声音，比池塘里蛤蟆的叫声还要响亮。

肉片汤上了桌，就预示着酒席已经进入尾声了。大家都很自觉，用筷子小心翼翼夹起属于自己的那片白肉，非常满足地扔进嘴里去。谁要是筷子头上没出息，多夹了一片白肉，当面就会让人骂娘的。

爷爷去吃结婚酒席的那天，我有时呆在家里等爷爷回来；有时着急了，就跑到半路上等爷爷。爷爷的脸膛让劣质白酒灌得红扑扑的，看见我，总是笑眯眯地把我抱起来，用他长满胡茬的大嘴狠狠地亲我一下。那一瞬间，我的嘴里会突然冒出一块软绵绵香喷喷的好东西。我不说你也知道，那是一枚白肉片！

爷爷用嘴把那片白肉含回来了。我呢，能把它再含上整整半个下午。

在我的记忆里，白肉片，是世界上最好吃的东西；我的爷爷，是世界上最好的爷爷。

一般情况下，村子里每年大约都有三五个年轻人结婚。每次听说谁要结婚的消息，我都兴奋得睡不着觉，天天捏着手指头算日子。到时候，我的嘴里就能含上一枚幸福的白肉片，你说，我怎么能不盼着别人赶紧结婚呢？

在我的记忆中，有那么一年，真是不可思议，简直太不可思议了。整整一个春天过去了，村子里没有人结婚。整整一个夏天过去了，村子里还是没有人结婚。接着是秋天，秋天眼瞅着也要过去了，仍然没有动静。我终于沉不住气了，扯着爷爷的胳膊，小声对他说：“爷爷，我想结婚。”

很多年过去了。我知道，哪怕再过很多年，我也忘不了童年的白肉片。

为骗子开门

那一年，我大概是十几岁。究竟是十几岁，我想不起来了。能想起来的，而且记忆非常清晰的，是那一年的夏天到秋天，我多次为一个骗子打开了自己的家门。

那一年，我大哥29岁了。29岁的一个大男人还没有娶上老婆，心里着急呀。我的父母似乎比大哥还要着急。他们经常聚在一起嘀嘀咕咕，有时还唉声叹气。我不喜欢他们这样，于是走了出去，站在院子里，或者站在大门外，抬起头，看天上的云，看云朵下面蜻蜓的飞翔。

在我的印象里，大哥的年龄到了29岁以后突然停止了上升，就像池塘里一条游动的小鱼被冻在冰层里一样。连续几年，他的年龄总是29岁。别人问他，他会低下头小声说，今年29。别人问我爹，我爹的声音倒是很响亮。他说："你是问老大？他今年29啦。"

我能感觉到，那几年，大哥的心里确实有一块冰，那块冰，冻结了他的年龄，也冻结了他的心情。

就在那个时候，一个黑脸的男人开始频频出入我的家门。我不知道他是谁。我只知道，他是皮口镇上的人，来我家，是为大哥介绍对象的。

我不知道大哥跟那个人是怎么认识的。后来猜测，他们可能是在喝酒的时候认识的。大哥经常喝酒，还经常喝醉。这我能理解，一醉解千愁嘛。让我不能理解的是，大哥有一次喝醉了，把我抱起来，在我脸上乱啃一气，啃得我哇哇乱叫。后来，一看见他摇摇晃晃走进家门，我就会远远跑开。

我听村里人说，那个黑脸的男人是个酒鬼。他跟我大哥肯定是在喝酒的时候认识的。我能想象出他们喝酒的情景。站在小卖部的柜台前面，打几两散白酒，买半斤饼干，一口一口，喝下去，吃下去。当时，很多人就是这样喝酒的。

酒后吐真言。我想我大哥肯定是在喝酒的时候把他的伤心事说了出来。

那个黑脸的男人听完，眼睛闪闪发亮，对大哥拍了胸脯，然后，开始频频出入我的家门。

不知道为什么，我总会在自己家的门外看见那个黑脸的男人，看见他朝我们家走来。我从来没有跟他说过话。我不敢跟他说话，也不知道应该说什么样的话。我只是冲他笑笑，拧身为他打开家门。我家的墙是篱笆墙，门是柴门。在柴门吱吱嘎嘎的响声里，他有时还会冲我笑笑。让我感到最意外的，有一次他还伸出手来，在我的头上抚摸了一下。看着他的背影，我心里热乎乎的。我觉得自己干了一件大事情。

在家里等待黑脸男人到来的，除了我爹和我大哥，还有一碗荷包蛋。每次都是这样。荷包蛋里还要放上一点红糖。这是坐月子的女人才能吃上的好东西，我爹竟然舍得拿出来给他吃，看来问题是比较严重的。套用多年以后比较流行的一句话说，我大哥的问题已经到了非解决不可的程度了。

村里人说那个黑脸的男人是个骗子。开始我不信，后来我信了。原因在于，从夏天到秋天，还从来没有一个陌生的女人走进我的家门。

村人有不少人问过我："那个骗子，又来了吗？"

我老老实实回答："前几天来过。"

他们继续问："又吃了一碗荷包蛋？"

我说："吃了。里边还放了一点红糖。"

周围的人哈哈大笑起来。其中一个30多岁还没有娶上老婆的人笑得更是起劲，差一点把脑袋胀破。

他们是在取笑我，取笑我们家。我有些糊涂，我们家里的事，他们是怎么知道的？

他们再这样问我的时候，我一声不吭。

有人在我面前叹了一口气说："那个骗子是个光棍，他自己没有老婆，怎么能给别人找老婆？"

家里的空气也开始紧张起来。我听见我爹和我大哥对骗子的咒骂。我妈的表现要好一些，她躲到角落里，偷偷抹眼泪。

骗子此后再也没有到我家来过。他消失了，就像雨点消失在河流里。

后来，我大哥终于有了对象。他领着那个憨厚的女人在皮口镇的大街小巷走来走去，遇到熟悉的人，就会笑嘻嘻地介绍说："这是我未婚妻。"

我听见那个女人问我大哥："未婚妻是个啥东西？"

我大哥结婚的那一年，他还是29岁。转过年，他的年龄一下子升到了34岁。

我们村里的大头宝

我躺在床上读毕飞宇的小说《阿木的婚事》。我喜欢这样，躺着读书。读到“阿木有一颗极大的脑袋”时，目光突然飘了起来。眼前的白纸黑字渐渐退去，退得很远很远。从远处，由小至大，渐渐走来了一个人。越走越近，越走越近，我认出来了，是我们村里的大头宝。

我没想到大头宝会用这样的方式来找我。很多年没见了，他来找我干什么呢？

大头宝笑眯眯地看着我，不说话。我知道，他是等我先跟他打招呼。很多年以前就是这样。他总是笑眯眯地，等着别人先跟他打招呼。看起来，有点摆架子了。可村里人谁也没觉得他是在摆架子。他有资格摆架子么？要是他也摆起了架子，村子里就没人了，举目看去，到处都是架子。

大头宝的确没有资格摆架子。他是个残疾人，两条腿有点毛病，立正的时候下半身像个“八”字，还有点驼背。也就是说，他的身长绝对大于身高，身高只有成年男人的一半左右。更扎眼的是，他的脑袋有成年男人的两个大，看起来像秧歌队里的大头娃娃。思维跟正常人也不一样。也就是说，他的脑子里也有点毛病。大伙儿都叫他“大头宝”。那时候，我还是个小孩子，跟大头宝的个头差不多。我也叫他大头宝。他不生气，还是笑眯眯的。

大头宝喜欢跟我们这些小孩子一起玩儿。我们也喜欢跟他一起玩儿。他走起路来八字腿一撇一撇，身子一拽一拽，看起来像鸭子，可笑死了。

我们跟大头宝虽然都喜欢在一块玩儿，但总是玩不到一起。他腿脚不好，跑不快。捉迷藏不行，老鹰捉小鸡更不行。跳绳不必提了。滑冰鞋、坐冰车也上不去场。很多情况下，他只能站在一旁看着我们玩儿，脸上笑眯眯的。

大头宝最常用的表情就是笑眯眯的，好像他心里根本没有发愁的事。不像村里的大人，时不时地愁上眉头，似乎要愁死了。也不像我们小孩子，偶尔也会愁上眉头，似乎也要愁死了。大家都愁，大头宝却不愁，这就有点过分了，羊圈里蹦出一头驴来，出风头了。村子里的老少爷们有点难以容忍了。他们不约而同地意识到，要想方设法让大头宝也愁上一愁才行啊。

当时，大头宝可能有三十多岁了吧，还没有对象。这样的男人，哪个女人能对他动动心思呢？有人觉得拿这个话题来刺激他，他就该愁眉苦脸了吧。

所以，村里人经常问他："大头宝，你有对象没有？"

大头宝收起了脸上的笑眯眯，郑重其事地想了想，说："没有。"

村里人笑了，他们笑着说："想不想找一个？"

大头宝又郑重其事地想了想，说："不想。"

"不想"怎么行呢？"不想"就不会发愁，你说是不是？村里人不高兴了，说："妈的，你要说想，你再说不想，我就揍你！"

大头宝赶紧改口，说："想。"

村里人又笑了，说："想谁？是不是想王淑花？"

王淑花是村里最漂亮的姑娘，惦记她的男人至少能装满两牛车。

大头宝点点头，说："是。"

村里人笑得更响了，说："想她干吗？是不是想跟她睡觉？"

大头宝的脸色变了，扭过身子，一拽一拽地走开，走到二十米外，回过头，大声吼叫："流氓犯！"然后一拽一拽地跑开。

人群笑开了锅，沸腾得很。他们本想让大头宝发愁，他愁没愁看不出来，倒是显得有些愤怒了。愤怒也是很好玩的嘛。

村里人常常这样逗大头宝开心。我知道，大头宝并不开心，是村里人开心了。

大头宝也有开心的时候。过年前后，他最开心了。

大头宝喜欢拜年。挨家挨户拜年。走到院门口，他的大嗓门就亮起来了："过年好！恭喜发财！"

这话谁不爱听呢？主人走出来，看见大头宝笑眯眯的样子，也变得笑眯眯的，说："是大头宝啊，进来进来。"

进去了，主人会抓几块糖，或者一把花生，或者一把瓜子，塞进大头宝的衣兜里去。这是把他当小孩子看了。说起来也真是这样，在全村人的眼里，他的确是一个永远长不大的孩子。

日子虽然清苦，可谁家在过年的时候不买上一包糖，不炒点花生瓜子呢。过年嘛，是不是？因此，过年的时候，大头宝的衣兜里总是满满当当的，装满了糖块、花生和瓜子。他开心极了。他曾经掏出一把花生，对我说:“给你!”我摇摇头，没接。我虽然是一个馋嘴的孩子，但怎么能要大头宝的东西呢？让父母知道，会挨骂的。

说不上从哪一天开始，大头宝从村子里消失了。听说是被送进了养老院。他还不算老，就早早地到养老院里去了。想想也是，对于他来说，没有比养老院更好的去处了。不过，过年的时候，他还是要回到村子里来。还是笑眯眯的，挨家挨户拜年，还是衣兜里装得满满当当，还是开心极了。唯一的变化，是胖了，脸色也白了许多。

我考上大学离开家乡以后，再也没有见过大头宝。如果他还活着，应该是一个年过花甲的老人了。

大头宝以一种古怪的方式来找我，是不是想让我写写他，写写他一生的寂寞，和寂寞中让人难以琢磨的心灵感受呢？

也许是吧。我心里这样想着，眼前笑眯眯的大头宝突然不见了，取而代之的还是毕飞宇的那篇小说《阿木的婚事》。

大鲤鱼

在乡下的那些年，我的哥哥王大多是个孩子王。跟他同龄的孩子，甚至比他大几岁的孩子，都不敢不听他的。像我这样年龄比他小的孩子，就更不在话下了。

我经常看见王大多一个人躺在夏日小池塘边的树荫里呼呼大睡，另外几个孩子却顶着一头汗水在满山的阳光里为他放牛。十几岁的王大多竟然像一个真正的男人那样打起了响亮的呼噜。后来他知道了这一点，不由得洋洋得意起来。他说，你们谁能打这样响亮的呼噜？大家赶紧摇头。王大多咧着大嘴笑了起来。他伸出一只手指头，把身边孩子的额头挨个点了一下，像是检查一下这些大大小小的葫芦成不成熟似的。他一边检查一边说："你，你，还有你，你们的爹也打不出这么响的呼噜，是不是？"

那时候，我对王大多非常佩服。有他在，村里的孩子是不敢欺负我的，偶尔被欺负，也是王大多干的。王大多为此曾经在那些大大小小的葫芦面前发表过宣言，他说："我弟弟，我可以欺负他，你们不可以，听见没？"

我父母对王大多的表现倒是显得不以为然。他们凑在一起嘀咕王大多的时候，还有些忧心忡忡。爹说："这孩子，怎么会有一身的匪气啊。"妈说："只要别闯祸就好。"

后来，王大多到城里上高中去了。所谓的"城里"，其实就是一个小城镇。那时候，我已经知道城里人是高出乡下人一头的。他们有细粮吃，有肉有蛋吃，我们没有。我们一年四季吃的是玉米，再就是萝卜青菜。我父母的最大心愿是我们兄弟两个能变成城里人，哪怕其中的一个能变成城里人也好。爹说，到那时候，咱家的日子就会好起来了。妈的脸上布满了激动的霞光，她一边点头一边说，谁说不是呢？

王大多到城里上高中以后，最初的一段时间，他整天闷闷不乐。我们的村子离城里不算很远，走读是可以的。上学或者放学的路上，村里的孩子热情地跟他打招呼，他都像没有听见一样，愣愣地继续往前走。村里的孩子站在他的面前，想拦住他的去路，他都像没看见一样，直挺挺地闯过去，把他们撞得屁滚尿流。

一向对我不屑一顾的王大多有一天傍晚苦着脸对我说，城里的那些王八蛋，他们都不爱理他。他还说，他跟他们说话，他们都背过身子，给他一个后脑勺。

城里的那些王八蛋，指的是王大多在城里的那些同学。不久，他们就不再是王八蛋了，他们变成了好蛋，跟王大多勾肩搭背的，打成一片。他们三三两两的，几乎每个星期天都要到我家来，跟王大多有说有笑，在说说笑笑的同时，把我家房前屋后的瓜果梨枣一个一个填到他们的嘴里去。

我父母对王大多的表现是相当满意的。他们一点都不心疼那些瓜果梨枣。爹说，大多这孩子，有出息，现在就能跟城里人称兄道弟，将来肯定能成为一个城里人。妈高兴得眼圈都红了，她一边点头一边说，谁说不是呢？

那些日子，王大多牛气得厉害。他不厌其烦地把那些脸色白净的同学介绍给黑脸的乡下孩子。

王大多说："他们是我的朋友，从城里来看我的！"

我读高一的那一年，一天下午，在学校操场的一角，我偷听到王大多跟几个城里同学的对话，从此不再佩服他了。不仅仅是不佩服，还打心眼里瞧不起他。

王大多说："明天是星期天，你们到我家来吧，你们很长时间没到我家来了，明天来吧。"

一个同学说："没意思，你家的瓜果梨枣现在还没有熟，我们去干吗？没意思。"

王大多说："我们去打鱼，我家有一块网，明天我们到小池塘去打鱼！"

另一个同学说："打鱼也没意思，以前也不是没打过，都是些小鱼小虾，没意思。"

王大多想了想说："这次不一样，昨天我还看见一条大鲤鱼在小池塘里撒欢，我们明天把它打上来！"

一个同学说："大鲤鱼？这还有点意思。"

另一个同学说："王大多，你不要骗我们，你要是敢骗我们，我们会把你揍扁！"

我听不下去了，我的心情很难过。

当天夜里，我听见王大多嘴里不停地嘀嘀咕咕。他说："我需要一条大鲤鱼，现在就需要，可是……"

临睡前，王大多又对自己说："只要他们能来，就是把我揍扁也行！"

我的泪水再也止不住了。

看井人

看井人是我的爷爷。

从我记事的时候起，爷爷就是一个看井人了。他很老了，满嘴的白胡子。据说，他整日看护的那口老井，比他的年龄还要大很多很多，大概跟他的爷爷的爷爷的爷爷的年龄差不多大。

爷爷是村里辈分最高的人，大家都很尊重他。村长说，把老井交给爷爷看管，他心里踏实。

整个村子只有这么一口老井。井壁上长满了青苔，幽幽的，像爷爷的叹息一样深不可测。

村子里没有电灯，夜晚显得长，男男女女们没事可做，就在炕头上鼓捣出了很多小孩子。小孩子们长大了，晚上还是没事可做，就又鼓捣出了很多小孩子。这样，村子里的人口越来越多，井水就不够用了。爷爷对此经常大发感慨。

那时候，每家每户每天用多少水是有严格限定的。人口最多的人家也只能用两担水。每天的早晨、中午和傍晚，爷爷就会把上了锁的井盖打开，站在一边，监督村民们打水。有资格进入老井的，是一只专用的水桶。古老的辘轳吱吱呀呀地叫着，把那只水桶提上来，然后再把井水倒进各家各户的水桶。

那只专用的水桶和井锁的钥匙只听爷爷的话，但爷爷从来没让它们为我们家多打过一滴水。

爷爷说:“我要给小辈人做出个样子才行啊。”

爷爷在用水方面是极为节省的。他很少喝水。在酷热的夏天，也很少喝。我至今还清晰地记得他洗脸的样子。早晨起来，他把水瓢按在嘴上，含上一口水，走进院子，站在猪圈边上或者鸡窝前面，将那口水吐在手掌里，搓搓手，然后再搓搓脸。把那口水搓干了，他的脸也就算是洗完了。

我学着爷爷的样子洗脸，爷爷看见了，笑出了满嘴的残牙陋齿。小姑却在我的后脑勺上拍了一巴掌，她说:“你傻呀。”

小姑那时候很年轻，长得也很好看，我很喜欢她。她爱干净，洗脸洗头的，用水比较多。她还有一个习惯，每天晚上都要洗脚。爷爷定下了规矩，洗脚是不准用清水的，要用洗过蔬菜之后的“二活水”。小姑不干，她偏要用清水洗脚。为这事，爷爷经常冲她发火。小姑伤心地哭过不知多少次。

小姑咬着牙说:“我一定要嫁到一个不缺水的地方去!”

小姑后来果然嫁到了一个不缺水的地方，但她的婚姻似乎并不美满。家里人偶尔提起小姑，爹的喘息声就会加重。

爹说:“一定要再打一口井!”

爹纠集了一伙身强力壮的年轻人，吵着嚷着要打井。这件事得到了村长的支持。村长说，新井打成以后，各家各户，水敞开了用！这件事也得到了爷爷的支持。爷爷说，新井打成了，让村里的年轻姑娘，天天用清水洗脚！

其实，村里已经打过很多次井了，但都没有打出水来。听说，为这事，几十年间，前前后后还死过几个人。

这一次，爹是铁了心的。他到县里请来了勘测队寻找水源，然后就风风火火地干了起来。

在此期间，爷爷突然病倒了。他在井台上不小心摔了一跤，从此就没有站起来。他躺在炕头上，心里还牵挂着老井，同时也牵挂着还没有打成的新井。

爷爷一遍一遍对疲惫不堪的爹说:“啥时候，背我去看看那口新井。”

爹总是推托:“等打出水来，一定背你去看。”

爷爷最终也没有看上一眼新井。他悄无声息地睡在了炕头上，永远睡去了。村里人的心思都拴在那口越来越深的新井上，他的葬礼显得有些冷清。

几天以后，新井出水了。整个村子都疯狂起来。大家用井水当酒互相碰杯，很多人都喝醉了。

喧嚣的人群里，只有爹一个人默默无语。他挑起满满一担新井里的水，步履沉重地走向了对面的荒山。荒山上，有爷爷的新坟。

我尾随在他的身后也来到了荒山上。我看见爹跪在爷爷的坟前，双手捧着井水，一遍一遍洒在爷爷的坟头上。

爹对爷爷说:“爹，你好好洗洗脸吧。”

石匠的莲花

钟石匠的手艺在红嘴堡是鼎鼎有名的，一把锤子，一根铁钎，在花岗岩上叮叮当当地一响，要龙有龙，要凤有凤，能看花人的眼睛。不服不行，真不行。年轻的时候，红嘴堡不知有多少大闺女白天晚上都惦记着他，钟石匠却连连摇头。他怎么能看上那些貌不惊人的女孩子呢？瞪圆了眼睛选来选去，选中了来村里走亲戚的王豆苗。王豆苗在街上漫不经心地一走，红嘴堡的男人们晚上连觉都睡不成了。他们在心里把自己恨得吱吱作响，也把钟石匠恨得吱吱作响，像老鼠磨牙似的。他们说：“他奶奶的钟石匠，咋有这艳福呢？”

在红嘴堡比钟石匠更有名的，就是村子南边的那一塘古莲了。那一年，村长突发奇想，派人在南边的一块洼地上挖出了一个很大的方塘，说是用来养鱼。还没等把鱼苗放进去，有人就发现池塘里冒出了一大片莲花的叶子，圆圆的一片一片，绿莹莹的，招人喜爱。到了夏天，竟是满塘粉白的莲花，在微风中轻轻地摇曳，比王豆苗还好看。村里人都很纳闷，咱这地场，从来没听说长过莲花，咋一下子就有了呢？风声传出去，引来了专门研究植物的专家，在池塘四周挖来挖去，终于挖出了一些莲花的种子，拿回去一研究，哎哟喂，可不得了啦，是有了上千年历史的古莲！满村子的人都乐坏了，对古莲百般地宠着爱着，外来人想动莲花一指头，小心揍他个嘴啃泥！

钟石匠跟村里人一样，也非常喜欢古莲。也就是那一年夏天，王豆苗给他生了个女儿，他眉头一挑，给女儿取了个名字叫钟爱莲。村里人都说，这个名字取得好，真好。此后的几年里，村里又出生了不少“爱莲”，有张爱莲、李爱莲、刘爱莲、孙爱莲，还有一个贾爱莲。所有的“爱莲”当中，钟爱莲是最好看的，而且越长越好看，比王豆苗还好看，就像莲花一样好看。钟石匠乐坏了，对钟爱莲百般地宠着爱着，别人想动她一指头，小心揍他个嘴啃泥！

钟爱莲读高中的时候，学习成绩不是很好，却极喜欢一篇名叫《爱莲说》的古文。常常在清晨，或者黄昏，面对一塘古莲，朗朗有声地背诵着古文中的词句："出淤泥而不染，濯清涟而不妖……"

钟石匠听不懂她的话，皱着眉头问她："你叮叮当当地说了这么多，到底是个啥意思呢？"

钟爱莲先是嘻嘻地笑了起来，接着又哈哈地笑了起来。她一边笑着一边把腰弯下去，笑着笑着把腰抬起来，接着又笑着笑着把腰弯下去。

看见女儿笑成这个样子，钟石匠也笑了起来。他的笑声底气很足，像是铁锤击打在铁钎上，有着钢铁般的响亮。

钟爱莲给她爹解释，这一句是个啥意思，那一句是个啥意思，背一句解释一句。钟石匠像是懂了，又像是没完全懂。他说："这东一句西一句的，组合在一起，是个啥意思呢？"

钟爱莲说："是个好意思，是用来赞美莲花的。"

"噢，"钟石匠说，"既然是个好意思，你就照着那个意思好好地做人吧。"

说这话的时候，钟石匠的手艺已经不像前些年那么吃香了。他很不理解，现在的人怎么变成了这个样子？建房筑院，都愿意用一些花里胡哨的新玩意儿，对他手里这老辈人传下来的手艺越来越看不上眼了。

钟石匠的活路一天天窄了下来，实在没办法，只好到采石场去给人家打磨条石。打磨条石是一件很简单的力气活儿，工钱也不多，钟石匠的好手艺用在这上面真是太可惜了。但他有什么办法呢？为了一家人的生计，只好这样了。

钟爱莲的高中还没有读完，有一天突然兴冲冲地跑到采石场，找到了满头大汗的钟石匠。

钟爱莲对她爹说："省里的模特学校来招生，我被选中了。全校就我一个人被选中，他们叫我过几天就到省城去报到！"

钟石匠手中的锤子停在了半空，他眯起眼睛看了女儿一会儿，说："噢。"

钟爱莲又说："他们说每年要交5000块钱学费。"

钟石匠低下头，手中的锤子落到铁钎上，一下，又一下，叮当叮当，叮当了一会儿才抬起头对女儿说："是好事，去吧去吧。有钱，咱有钱。"

钟石匠咬着牙把女儿送到省城。两年后，学会了走猫步的钟爱莲走着猫步混进一家大酒店的夜总会。此时的钟爱莲已经不是两年前的钟爱莲了。她说：“外面的世界很精彩，可也很无奈哦。”

没过多久，钟爱莲就给家里寄了一大笔钱。钟石匠心里发了毛，他捏着手指头算了算，全家人连续十年不吃不喝也攒不下这么多钱。

钟石匠对他的老婆王豆苗说：“你说咱家爱莲在城里做了什么？她哪来的这么多钱？”

王豆苗撇了撇嘴说：“你管她做什么，这年头，能解馋就是好饼，能挣钱就是好孩子。”

“放屁！”钟石匠一巴掌打在王豆苗的脸上，打得她“哟哟哟”地叫了起来。

几天后，钟石匠来到省城那家大酒店，送给女儿一块方方正正的花岗岩石板，石板上绣花般地刻着一朵莲花，一朵故乡的莲花。

钟爱莲哭了。她真的哭了。

选举

天色黑透了，许屯生产队会计张算珠才摇摇晃晃回到家里。老婆王大花早就把饭菜摆到了桌子上，他看也没看一眼，一头倒在炕头上，仰着脸，眼睛直勾勾盯着天棚，重重地叹了口气。

王大花走到跟前，轻轻拽了拽他的裤脚，说："吃饭吧。"

张算珠哼了一声，紧接着又重重地叹了口气。

王大花的椭圆脸很快变成了长脸，提高了嗓门说："这两天你咋回事？饭不好好吃，觉不好好睡，白天晚上，该干的活也不干，就知道叹气，你到底咋回事？"

张算珠又哼了一声，还是重重地叹了口气。

王大花的长脸更长了，气哼哼地说："屁也不放一个，是不是你妈掉沟里摔死了？"

张算珠呼地一下从炕头上坐起来，指着王大花的鼻子骂："臭老娘们，你懂个鸟？天要塌了你知不知道？"

王大花的长脸唰的一下又变成了椭圆脸，似笑非笑，赔着小心说："是不是出啥事了？"

张算珠瞪了王大花一眼，抠抠搜搜从口袋里捏出一簇旱烟沫子，抖着手指头用一张纸片卷起，点上火，猛吸一下，把一缕浓烟吐到王大花的脸上，这才开了口："生产队丢了一袋麦子，你知不知道？"

王大花鸡啄米般点起了头："知道知道，这事儿谁不知道？不是还没有查出来吗？"

张算珠说："查出来我就不担心了……"

王大花说："反正不是你偷的，你担心个啥？"

张算珠的声音立马高了起来，像是吼了："臭老娘们，你懂个鸟？"

王大花的椭圆脸又变长了，撇着嘴唇一声不吭。

张算珠的声音降了下来，叹着气说："明天，公社要派调查组来了，说是阶级斗争新动向，非把偷麦子的人揪出来不可！"

王大花张了张嘴，没等发出声音，又赶紧闭上了。

张算珠说："公社领导指示我们，明天让全队的社员投票，选举小偷。"

王大花说："选举小偷？"

张算珠点点头："对，选举小偷，公社领导说了，群众的眼睛是雪亮的，小偷再狡猾，也逃不过群众的眼睛……"

王大花嘎嘎地笑了起来："选就选呗，咱不做亏心事，不怕鬼敲门。"

张算珠突然拍了一下饭桌，把一棵水灵灵的大葱拍得跳了起来，把王大花吓了一跳。

张算珠指着王大花的鼻子说："你投谁的票？"

王大花眨巴了一阵子扁豆眼说："投许二歪，他整天跟你找别扭，我投他！"

张算珠点点头，又摇摇头，说："全生产队就咱一家姓张的，你算算有多少姓许的？他们都连着亲戚哪。"

王大花不吭声了。

张算珠摇着头说："我打了半辈子算盘，这点事还算不清楚？他们姓许的早就看我不顺眼了，非借这个由头把我整下来不可！"

王大花的长脸变得煞白，蹲在地上，一只手拍着大腿，呜呜地哭了起来，一边哭一边说："天真的要塌了，这日子该怎么过啊。"

张算珠把手中的烟头狠狠地摔到地上，说："我出去看看，看看他们是不是在搞串联。"

张算珠直到半夜才回来，用衣袖胡乱擦着脸上的冷汗，对哭红了眼睛的王大花说："完蛋了，那些姓许的人家到现在还亮着灯。"

在王大花的耳朵眼里，这声音已经不是张算珠的了。

第二天，张算珠没有参加选举，他病倒了，身子忽冷忽热，身上一点力气也没有，连路也走不成了。选举结束不久，有一伙民兵来抄家，挖地三尺，却什么也没有找到。阶级斗争的形势因此变得更紧张了。张算珠的病情也因此更加重了。

半年以后，张算珠死了。临死前，他把一只算盘用力摔到地上，圆圆的黑珠子溅得到处都是。王大花坐在地上，拍着摔坏的算盘号啕大哭，一边哭一边说:“天真的塌下来了，这日子该怎么过啊。”

张算珠死的那天，正赶上1972年冬天的第一场雪。很大很大的雪，整个许屯生产队都是白的。

阳光

有个姑娘叫王春花，26岁那年还没有找到婆家。她的父母为她急，她的哥哥嫂子也为她急。她自己呢，似乎更着急。她的急，是隐藏在心里的，外表上尽量不表现出来。但越是这样，那急就越发迫切、越发难以掩饰了。乡下的习俗，姑娘过了20岁差不多都“订”出去了，就像商家的订货一样。但姑娘订出去了，不能叫订货，而是叫订婚。毕竟，人和货还是有区别的。眼瞅着身边的姐妹一个个都订出去了，你说，王春花她能不急吗?

姑娘一订婚，人就活得踏实了。生活就有了方向、有了目标、有了奔头。看到哪个小伙子对自己献殷勤，心也不再突突乱跳，好像自己已经是“沧海”了，哪里还会在乎你这一碗凉开水呢。

王春花一直没订出去，活得特别不踏实，像踩在高跷上似的，一举一动都赔着小心，又像是跑在山路上的一辆手扶拖拉机，上上下下，颠得厉害。

王春花是个好姑娘，勤快、能干、心地善良，看见一只蚂蚁被踩死了，也能掉两滴眼泪。还有一个优点，嘴笨，不太善于表达。嘴笨怎么也是优点了呢？是优点。对于一个姑娘来说，更是优点。嘴笨的人显得憨厚嘛。反过来说，巧嘴的姑娘结婚以后往往会变成搬弄是非的长舌妇，太烦人了。所以在这里，我要警告那些未婚的小伙子，最好离巧嘴的姑娘远一点儿，找对象，一定要找王春花那样嘴笨的姑娘。

王春花确实是一个好姑娘。可惜，她的自然条件不是太理想。个子矮了一点，模样丑了一点。但没有矮到不能忍受的地步，也没有丑到不能忍受的地步。事实上，给王春花提亲的人也不在少数，可那些人都像是串通好了似的，给她介绍的男人大多有些残疾，要么瘸了一条腿，要么断了一只胳膊，再有，就是瞎了一只眼，或者是年龄相差太大了。反正，没有一个好干粮。王春花生气了，再有提亲的就推掉了。用她自己的话说："不看了，不看了，一个不看了，这辈子我不嫁人行不行?"

王春花成了"老"姑娘了，真让人伤心。她自己呢，也很伤心。毕竟，姑娘的青春，比篱笆墙上的牵牛花还要短暂啊。

说起来也怪，王春花这样的好姑娘，村子里老老少少几百口子，竟然没人舍得费点唾沫星子来赞美她一句。她活得很寂寞，比牵牛花还要寂寞。

俗话说，乞丐还有三天好运呢。王春花的好运气终于来了。那是一个夏天的中午，她走在街上，看见老槐树底下坐了一群人，在纳凉，在说闲话。她也想过去坐一会儿。紧走了几步，突然听到有人提到她的名字。

那个人说："要我说，咱村的姑娘，没有比王春花更好的了……"

王春花愣了，心里说："是谁呢？是谁在议论我?"她不敢再往前走了，停下脚步，一动不动，好像她动一动，就会打碎那个人的话题。

那个人继续说："王春花能干、勤快、少言寡语的……"

王春花听出来了，说话的人是歪瓜。

有人跟歪瓜打趣："王春花这么好，你肯不肯娶她?"

歪瓜叹了一口气："我哪有那种福气，人家王春花是一朵鲜花，我呢，是一堆牛粪……"

人群轰的一声笑起来。王春花一溜烟跑回了家。她怕人看见，这个时候要是让人看见，那可太不好意思了。

王春花趴在土炕上哭了起来。让她哭吧，把心里的苦楚，把心里的委屈，都哭出来吧。她的眼泪从中午流到黄昏，又从黄昏流到深夜。她在琢磨歪瓜的话，也在琢磨歪瓜这个人。

从"歪瓜"这个绰号里我们能分析出来，这个人的长相肯定不怎么样。事实上也真的不怎么样。他的病老婆去年死了，没有给他留下一儿半女，现在他一个人过日子，说起来也是挺凄惶、挺可怜的。

王春花念起了歪瓜的好。好在哪里呢？是他的性格好。他的老婆长年生病，心情糟透了，常常对歪瓜发脾气。歪瓜呢，脸上总是挂着笑。想到这里，王春花叹了一口气，心里说，要是有一个人能这样对自己，这辈子就不再奢望什么了。

王春花没想到，歪瓜变成了一个碎嘴子，经常在村里人面前议论她，说她如何如何好。别的姑娘听见，把他恨死了。王春花呢，却感动得要命。

终于有一天，王春花鼓足勇气走到歪瓜面前，红着脸小声对他说："你找个媒人，到我家提亲吧。"

就这样，王春花把自己嫁了出去。尽管歪瓜比她大了10岁，可她一点儿都不在乎。

新婚之夜，王春花楼着歪瓜的脖子对他说："傻样，别再说自己是一堆牛粪……"

婚后的歪瓜还是经常说些赞美王春花的话，从头发一直赞美到脚趾头。歪瓜的赞美就像阳光一样，让王春花越发娇艳了。

王春花给歪瓜生了个儿子，活脱脱一颗小歪瓜。有人开玩笑，说这孩子长得这么丑，长大了能找到媳妇吗？

这话王春花不爱听，她在心里说，怎么会呢？只要能像他爹歪瓜那样经常说些让姑娘爱听的话，总会有姑娘嫁给他的。对这一点，她有绝对的把握。

爷爷的福气

爷爷说：“你奶奶活着的时候，我天天晚上都给她洗脚。”

这事儿不用爷爷说我也知道。我亲眼看见的。我还记得，小时候，每逢爷爷给奶奶洗脚，我总要凑在旁边看热闹。我看见奶奶两只像粽子般的小脚让热水泡得通红。我看见爷爷用他粗糙的大手在奶奶通红的小脚上轻轻地搓弄。我还曾经大大方方往奶奶的洗脚盆里撒过一泡尿，爷爷奶奶用开怀的笑声对我的举动表示赞赏。

奶奶去世以后，爷爷喜欢在夜晚的烛光下面跟我谈论奶奶辉煌的家史。那是奶奶活着的时候最喜欢跟爷爷谈论的话题。

爷爷常常叹一口气，对着摇摇晃晃的烛光，像是自言自语，又像是对我说：“要是你奶奶还活着，又到了我该给她洗脚的时候。”

愣了一阵子，爷爷突然嘿嘿地笑了起来：“你奶奶喜欢我给她洗脚。”

爷爷告诉我，奶奶曾经是一个大户人家的小姐，后来出嫁了，成为陈大财主家的少奶奶。少奶奶嫁到陈家没多久，日本人的枪声就惊飞了陈家大院一棵老槐树上所有的麻雀。陈大财主慌了神，带领一大家子像麻雀一样胆战心惊飞上了逃难的旅途。年轻的爷爷是陈家的马车夫，逃难的路上，他的马车上端端正正坐着陈家的少奶奶。那时候，陈家的少奶奶正当妙龄，像珍珠一样光彩照人，爷爷甚至不敢回头看她一眼。

是日本人的马队给爷爷带来了让他一生都难以置信的艳福。一阵密集的枪声过后，其他所有人都死掉了，唯独剩下了爷爷和陈家的少奶奶。爷爷把少奶奶扛在肩上，旋风一般逃进了茂密的山林。当天夜里，少奶奶擦干了脸上的泪水，第一次对我爷爷开口说话。

少奶奶说：“你去弄点水给我洗洗脚，不洗脚我睡不着觉。”

等爷爷给她洗完了脚，少奶奶又说：“你摸了我的脚，就是我的男人了。”

从那个惊魂未定的晚上开始，陈家少奶奶摇身一变，成了我的奶奶。我的爷爷呢，也开始了天天晚上为奶奶洗脚的漫长历程。

爷爷说：“你奶奶一生都没用手摸过自己的脚，这是大户人家的家风。”

爷爷给奶奶洗脚的时候，奶奶的脸上有时会盈动着阳光般的满足。偶尔，她还忍不住跟爷爷开上几句玩笑。

奶奶说：“白天你是我的长工，夜里熄了灯，我是你的长工。”

听奶奶这样说，爷爷嘿嘿地笑出声来。

奶奶也笑了：“我给你生了一串儿女，不是长工是什么？”

爷爷笑得更厉害了，他浑身发抖，把奶奶的洗脚水溅得到处都是。

在连续几十年的贫困生活中，爷爷始终被奶奶那昙花一现的富贵所震撼，一举一动无不小心翼翼。而奶奶对爷爷所表达的敬意，除了总是侧身坐在他的对面以外，再就是熄灯以后允许爷爷在她身上随心所欲地折腾。我猜想，这大概也是大户人家的家风。

爷爷喜欢在我面前炫耀奶奶当初嫁到陈家大院的奢华场面。八人大轿，锣鼓喧天，抬嫁妆的队伍一眼望不到边。他说着说着就会激动起来，撮起胡子拉碴的嘴巴，用假想的唢呐和锣鼓发出一阵阵响亮的声音。那些响亮的声音杂乱无章，像深夜的狗吠一样让人害怕，我必须赶紧抬起双手紧紧捂住自己的耳朵才行。

奶奶去世以后，爷爷每天晚上都坐立不安。奶奶的洗脚盆还在，暖壶里装满了热水，可惜她那一双粽子般的小脚永远不会出现了。爷爷的生活变得空空荡荡，他的精神头儿也一天不如一天，只有跟我谈起那梦境般的遥远往事，他的双眼才一闪一闪跳动着黎明的光亮。

爷爷临终前神态极为安详，像一个疲惫的旅人即将踏上情感的故乡。爷爷拉着我的手说：“以后，我可以天天晚上给你奶奶洗脚了。”

爷爷还对我说：“能给一个大户人家的小姐洗脚，这是你爷爷的福气。这辈子，你爷爷知足啊。”

针尖上的老婶

很多年以后，我才深深地感到，在那个名叫红嘴堡的小村子里，我的老婶就像是生活在针尖上一样。

老婶是个爱干净的人。每天早晨，她都要细心地打扮自己。这是她年轻时养成的习惯。一盆清水洗了脸，倒掉，换一盆清水，再洗一遍。然后再用梳子沾着泡过榆树皮的水，把头发梳理得溜光水滑。老婶做这些事情的时候是很细心的，要足足花费一顿饭的工夫。

老叔对我说："你老婶早些年洗个脸梳个头，起码要用掉两顿饭的工夫。"

老婶年轻时的模样我没有见过，不过我觉得她年轻的时候一定很美。

我懂事的时候，老婶的头发已经花白了。她花白的发髻总是圆而丰满，一身打满补丁的衣服像是刚刚洗过，家里的三间土房也总是收拾得一尘不染。

我老叔每天早晨要做的第一件事是扫院子，这是老婶定下的规矩。不扫不行，不扫，老婶不给他饭吃。老叔一连扫了几十年院子。按理说，习惯了也就自然了，老叔不应该有什么怨言才对。实际的情况不是这样。老叔是一个目不识丁的人，修养也很一般。他经常在背地里说老婶的坏话。

老叔对我说："院子里本来挺干净的，除了几泡鸡屎啥也没有，你老婶非叫我扫。怎么样？扫来扫去，把家里的财气都扫没了，穷得叮当响。"

我认为老叔是在强词夺理。我爹倒是从来不扫院子，家里不也是穷得叮当响？那时候，村子里几乎每一户人家都穷得叮当响，就像屋檐下挂满了风铃一样。

不光是老叔说过老婶的坏话，村子里有很多人都说过老婶的坏话。说得比较起劲的，是刘歪嘴那家伙。

刘歪嘴说："老了老了，还整天臭美，是想出去勾引野男人么？"

刘歪嘴的话非常歹毒，如果我的个头再高一些，力气再大一些，非撕了他的歪嘴不可。

我知道刘歪嘴对我老婶的怨气很大。我爹曾经对我说起过，几年前的一天，刘歪嘴到老叔家串门儿，屁股刚刚挨上炕沿就“咔嚓”一声吐了一口痰。坐在炕头上的老婶像受惊的野兔一样跳了起来。她赶紧下地，捣着一双小脚到门外拿来一把铁锹，铲狗屎似的把那口痰铲了出去。刘歪嘴栽了面子，红着脸站起来想走。他刚刚抬起屁股，老婶迅速拿过一个鸡毛掸子，把他坐过的地方掸了一遍。刘歪嘴气得脸色发白，满村子嚷嚷老婶的不是。此后，村子里就很少有人到老叔家来串门了。偶尔有人找老叔办点啥事，总是站在院子里说话，怎么叫也不肯进门。为这事，老叔跟老婶嚎天嚎地干了一架，差一点儿动了手。

老婶是不是有点洁癖呢？

村子里最恨老婶的人不是刘歪嘴，而是刘歪嘴的妹妹。刘歪嘴的妹妹邋遢得要命，她自己身上脏得一塌糊涂，她的家更是脏得一塌糊涂，所以大伙儿都叫她刘糊涂。

说起来也怪，到刘糊涂家串门拉呱的人总是很多。晚来的人找不到落屁股的地方，只好转身去了别处。个把钟头以后再折回来看看，实在没辙了就站在地上跟大伙儿闲聊。这么说吧，刘糊涂的家简直就是村子里的一个乐园。特别是那些喜欢抽老旱烟的男人，在这里可以为所欲为。大拇指粗的喇叭筒一支接一支，抽得满屋子乌烟瘴气。抽过了又一个个吭吭咔咔地咳嗽，咳过了就吐，让人目不忍睹。刘糊涂却像没有看见一样，脸上总是笑嘻嘻的。

用现在的眼光来看，刘糊涂的家实在是太不像话了。一个女人，邋遢成这个样子，好意思见人么？

刘糊涂却非常瞧不起我的老婶。老婶也非常瞧不起刘糊涂。

刘糊涂自以为家里的“人气”很旺，在人群里走动总是显得趾高气扬。可老婶根本不买她的账。老婶说：“她的家跟猪圈差不多，怎么能住人呢？”

刘糊涂也不买老婶的账。她说：“她的家倒是干净，干净得连个儿子也生不下来，不怕绝了后么？”

刘糊涂一连生了五个儿子，老婶只生了两个女儿。这件事成了刘糊涂攻击老婶的一个把柄。

两个老女人村里村外见了面都木着脸擦身而过，连声招呼都不打。

老婶临终前，只给老叔留下一句话：“明天早晨别忘了扫院子。”

生活笔记

我的大学

第一次高考落榜以后，我流下了很多眼泪。爹用他那一双粗糙的大手擦去我脸上的泪水，对我说："儿呀，咱不哭。咱好好复习复习，明年考上去，哈。"

第二次高考落榜以后，我流下了很多眼泪。爹用他那一双粗糙的大手擦去我脸上的泪水，对我说："儿呀，咱不哭。咱好好复习复习，明年考上去，哈。"

第三次高考落榜以后，我流下了很多眼泪。我对爹说："爹，我不考了。我笨，我太笨了，我永远也不会考上大学的。"

爹用他那一双粗糙的大手擦去我脸上的泪水，对我说："儿呀，咱不哭。咱好好复习复习，明年考上去，哈。"

爹说完这话，就蹲在地上哭了起来。他一边哭着一边说："儿呀，你不笨。你像你妈，一点儿都不笨，你一定会考上大学的。"

我妈的确一点儿都不笨。她厌倦了小山沟里的穷日子，一个人悄悄地走了，连声招呼都不打。爹却从来没有责怪过妈，他说："儿呀，都是爹不好，爹没钱给你妈治病，她才撇下咱们走的。"

那几年的日子简直糟透了。爹为了凑集我复读的学费，起早贪黑地到处打零工，舍不得吃，舍不得穿，头上的白发越来越多了。他的手掌像砂纸一样，摸到石头上，能发出沙沙的响声；摸到桌子上，也能发出沙沙的响声；摸到我的脸上，沙沙的响声没有了，我的脸却会火辣辣地疼起来。

我的情况并不比爹好多少。我的心情跟我的学习成绩一样，越来越坏。我对高考产生了一种恐惧感。我有时候会很羡慕我妈，她一个人静静地躺在山坡上，啥闹心事也没有，多么好啊。

今年，今年我必须考上大学。我不敢不考上大学。如果我考不上大学，我爹会受不了的。他也许会被我气死。

可是，我真的能考上大学么？

听说高考的分数批下来了，我赶到学校去看，只看了一眼我就昏倒了，老师和同学把我送到医院，舞弄了很长时间我才醒过来。我号啕大哭。我想我再也没脸去见爹了。我想我肯定是天底下最大号的笨蛋，复读的时间越长，高考的分数越低。我想我干脆死掉算了。

傍晚的时候我回到家里。爹做了一桌很好的饭菜，还买了一瓶白酒。他肯定把家里的那只大公鸡杀掉了。至于他从哪里弄到一条鲤鱼，我就猜不出来了。

我不知道爹为什么要整这么一桌饭菜。不年不节的，搞啥名堂呢？

爹打开酒瓶，倒了满满两杯酒，对我说："来来来，咱爷俩好好喝两杯。"

我一声不吭，接过酒杯一饮而尽。

爹说："儿呀，今年考得咋样？"

我脱口而出，说了一句连自己也感到吃惊的话："挺好的，差不多能考上。"

爹咧开嘴巴嘿嘿地笑了起来。他说："我找算命先生看过了，他说你能考上。我掟摸着，你肯定能考上。来来来，咱爷俩再喝一杯。"

又是一饮而尽。我的泪水下来了，在脸上流得一塌糊涂。

爹笑嘻嘻地说："儿呀，你这是咋的啦？"

我用手胡乱抹了抹自己的脸，说："我……我是高……高兴的。"

高考的录取分数线也下来了，我装模作样到学校周围转了一圈，连学校的大门都没有进就回来对爹说："我的成绩比录取分数线高了不少，兴许能考上个好大学。"

爹笑着点了点头，说："好，好。"

随着时间的推移，我的谎言也在继续。我不敢把真相告诉爹。我怕把真相告诉他以后，弄不好就能要了他的老命。

又过了一段时间，我的大学录取通知书到了。真不赖，我考上了辽宁大学。通知书是我在县城的打字社里打印的，印章是我自己用土豆刻的。我在同学那里见过不少录取通知书，觉得自己造假本领还不错。

我在心里打定了主意，再过几天我就假装去上大学，实际上是出去打工。我不会让爹给我寄学费的，我会说我在沈阳半工半读挣了不少钱。我甚至还会每个月都给爹寄一点钱回来，我不能再让他过以前的苦日子了。

我最后要做的一件事，是4年以后花钱买一个假毕业证，在爹的面前晃一晃，打个马虎眼就行了。

我把录取通知书拿给爹看，爹高兴极了。他挨家挨户把我考上大学的消息告诉村里的父老乡亲。爹以前是个不爱说话的人，那几天他却变成了一个碎嘴子，见到谁都爱说话。

我看见爹对两个不懂事的孩子说：“你们要好好学习，将来像我儿子那样，到沈阳上大学。”

爹的表情太严肃了，两个孩子听完他的话，小眼睛黑溜溜地转了几转，突然哇的一声哭了起来。

我心里很难过，真的很难过。我恨自己！

几天前，我来到沈阳，我找到了辽宁大学。我在辽宁大学门口照了一张相，是请附近一家影楼的摄影师照的，为此我多花了两倍的价钱。

我把照片寄给爹，然后就到劳务市场找工作去了。

我的大学时代终于开始了。

谁能让我忘记

说起来，已经是很多年前的事了。

怎么忘得了呢？

高考结束了，我闲在家里，苦苦地等待。我在等待大学的录取通知。哪个大学无所谓，只要肯录取我，它就是中国最好的大学。

我很焦急。比焦急更让人闹心的，是无聊。那可真叫无聊，连小说也读不下去，心里有事嘛。

现在我才知道，无聊，其实是人生的一种痛。

那个命根子一样的录取通知终于来了。

我让自己的心情很尽兴地激动了一会儿，才慢慢打开那封金光闪闪的来信。

信上没多少字。很严肃，公事公办的态度。

我把信上的字一个一个地数了一遍，又一个一个地数了一遍。周围没人。陪伴我的，是偶尔的几声鸟叫，几声蝉鸣，还有一株小白酒草，两株苍耳。

我心里悬着的石头落地了。我踏实了，舒服了，不知道自己姓啥了。我是早晨八九点钟的太阳了。我将光芒万丈悬挂在刘家庄的上空了。

我没有急着回家。没有。我知道，我的父母也都在烟熏火燎地盼着这个好消息。我的想法是，反正他们已经盼了很久，再多盼一会儿也没关系。

我走到村外，去看望那棵老槐树。我在老槐树下站了很久，默默地流泪。看见老槐树，我的泪水就止不住了。

我听见了自己在老槐树下读书的声音，往日的声音，它们没有走远，它们有着露珠一样的鲜活和清亮。

我不是看望老槐树，我是看望我自己，往日的自己。

好消息传到家里，家里的气氛立刻就变了。

爹放下饭碗，怔怔地看着他的儿子。那不是一般的看，是发了狠的，是用目光在拧。

爹的目光把我的脸拧红了。爹自己的脸也红了，红烧肉一样闪着油光。他忘记了午睡的习惯，背着手，身子一挺一挺地出了家门。

妈也放下了饭碗。她坐在炕沿上，一会儿撩起衣襟擦擦眼，一会儿又撩起衣襟擦擦眼。她说："我的沙眼病又犯了。"

爹把他的唾沫星子喷遍了刘家庄的每一个角落，然后又兴高采烈地接受着每一个角落里喷向他的唾沫星子。爹的得意忘形，让我觉得有点不自在。

也不能全怪爹。刘家庄到地球上定居了上百年，什么时候长出过大学生？

好在两天以后，爹就清醒过来了。

爹频频地到集市上卖西瓜。爹看西瓜的眼神很慈祥，很博爱，也很无耻。那是他儿子的路费、学费和生活费，不好好看看，行么？

我跟着爹到集市上去卖过一次西瓜。仅仅一次，我再也不想去了。

那天很热，热得很不要脸，我的手指甲都冒汗了。集市上的人却很少有来买西瓜的，好像吃了西瓜就会着凉似的。太可恨了。

我脸上的沮丧像汗水一样欢快地流淌着。爹看见了。他皱了皱眉头，弯下腰，从筐里挑出一只最小的西瓜，一拳砸开，递给我。

我说："爹，你也吃。"

爹说："我不吃，我吃这东西拉肚子。你吃你吃，叫你吃你就吃，哈。"

西瓜有点生，不甜，有一股尿臊味。我吃得很潦草，匆匆忙忙就打发了。扔掉的瓜皮上带着厚薄不均的一层浅粉色的瓜瓤。

爹狠狠地扎了我一眼，走过去，将瓜皮一块一块捡起来。他用手指头弹弹瓜皮上的沙土，又轮流把他们压到嘴巴上，像刨子一样刨那些残留的瓜瓤。

我的眼圈红了。

那些日子，妈换了一个人似的。她很少说话。她喜欢盯着鸡屁股看。不光看，还经常去抠，抠得一丝不苟。好像我要去的地方，不是大学，而是鸡屁股。

爹说："别理她，你妈跟鸡屁股有仇。"

妈的确跟鸡屁股有仇。那一天，她又去抠芦花鸡的屁股。按她的说法，

这个挨千刀的货，屁股里夹了一只蛋，两天了，还没生下来。是锈住了么？妈很生气。她把自己的手指头变成了挖掘机，在芦花鸡的屁股上开工了。她成功地从芦花鸡的屁股里挖出了一泡黄水和几小片鸡蛋皮。

我走出家门的那一天，可怜的芦花鸡死掉了。

公共汽车开出很远了。我回过头，我没有看见爹妈，也没有看见刘家庄。我看见的，只是几块西瓜皮和一只死去的芦花鸡。

谁能注视我一生

母亲是一个普通的乡村小学教师。一间教室，一块黑板，一只粉笔，还有一个家庭，构成她生活的全部内容。

我很想对她唱一首歌，反反复复地唱：小时候，我以为你很美丽，领着一群小鸟飞来飞去……

我也很想成为她那样的人。可惜，在我的愿望即将实现的时候，她突然去世了。

非常难以理解，母亲为什么要离开乡村的新鲜空气，为什么要离开她精心呵护的那一群小鸟，为什么要离开她最牵挂的父亲和我，以及我的兄弟姐妹。

母亲离开了我们。我们却离不开她。

父亲特别伤心，伤心到了愤怒的程度。他觉得苍天太不公平。

父亲说，我又没有做过伤天害理的事，老天爷凭啥要这样对待我？

连续很多天，父亲一直这样说。他是接受不了这样的事实啊。

我比父亲更伤心。世界上最爱我的那个人走了，我有一种被遗弃的感觉。我觉得自己成了一个孤儿。

父亲也是爱我的。可是，父爱的粗糙怎么能跟母爱的细腻相比呢？

在我很小的时候，乡村生活是很艰难的。种种的不如意，使父亲变得很暴躁，常常为一点鸡毛蒜皮的小事大发脾气。母亲却不是这样，她总是默默地承受。此外，她还有一种非凡的本领，能够从漆黑的夜色里看到黎明的霞光。她用霞光来抚慰父亲，直到他的脸色豁然开朗。

很多年后我才明白，父亲的暴躁，其实是一种男人式的撒娇，是一种发自灵魂的呼唤。他像一个受了委屈的孩子，渴望母爱般的抚慰。

生活中有很多人，包括弱不禁风的女人，也包括虎背熊腰的男人，都是永远也长不大的孩子，你说是不是?

母亲离开我已经很多年了，但我永远也忘不了她。她的音容笑貌至今还时常在我眼前出现。

我印象最深刻的，是母亲的眼睛。

母亲的眼睛中有一种泉水般的清澈。这种清澈的目光，使我的童年和少年时代拥有过游鱼般的自由和欢乐。

母亲经常跟我说起我小时候发生的一件事。那时候我太小了，还不会走路嘛。我不是一个神童，肯定不会记得那么小的时候发生的事。但母亲一次又一次反复说起，使我不能不相信它真的发生过。肯定是真的，母亲从不说谎，她也没有理由为这样一件微不足道的小事对我说谎。

有一天，母亲看见我躺在土炕上睡着了，就悄悄锁了门出去了。一定是有什么要紧的事，否则，母亲决不会把她幼小的儿子一个人扔在家里。

按着母亲的说法，在她回家之前我就醒过来了。

我应该用虚构的方式来填补母亲回家前的那一段空白。

我睁开眼睛，把小脑袋转来转去，想看看母亲在哪里。我没有看见母亲，急得哭了起来。

我从土炕上爬起来，把小脑袋转来转去，想看看母亲在哪里。我没有看见母亲，急得又是一阵大哭。

我想尿尿，把小脑袋转来转去，想看看母亲在哪里。我没有看见母亲，只好自己尿了。尿液在土炕上漫延开来，我感到小屁股底下有了一股水样的温热。

我饿极了，把小脑袋转来转去，想看看母亲在哪里。我没有看见母亲，却看见屁股下面有一条红色的大鲤鱼。我捉到了那条大鲤鱼，一小块一小块，把它身上的肉撕下来，填到嘴里吃掉。味道很好。

母亲笑着说，她回到家里，看见我把炕纸上的那条大鲤鱼都吃掉了，手指甲里塞满了泥，嘴角上也是泥。

说到这里，母亲突然不说了。她凝神地注视着我，她的目光里有一种泉水般的清澈。

母亲常常这样凝神地注视着我。当我在学习上有了进步的时候，当我被评上三好学生的时候，或者，当我闯了祸的时候，母亲都会这样凝神地注视着我。

我是在母亲的注视中一天天长大的。

我上大学的那一年，离开家的前夕，母亲最后一次跟我说起我小时候吃掉炕纸的事。她说，从那一天开始，她就知道，她的儿子长大以后会有出息。以前，她从来没有跟我说过这样的话。我并不知道她这样说的真正寓意是什么，直到大学毕业的那一年，我才真正懂得了她的良苦用心。

得到母亲去世的噩耗，我匆匆忙忙同时也是心慌意乱地赶回了老家。

在母亲的灵前，父亲流着眼泪交给我一个日记本，说，这是你母亲留给你的遗物。

那是一个空白的日记本。扉页上有母亲亲笔写下的一句话：儿子，你要在这本日记上，写满你一生的辉煌。

母亲！

我跪在灵前，用一颗滴血的心一声声地呼唤着她。

我知道，母亲留给我的，不是一本空白的日记，而是一双眼睛。

我知道，在这个世界上，只有母亲的眼睛，才能真正注视我一生。

怀念少女小红

每年夏天，我都要到东风湖去钓鱼。尤其喜欢夜钓，从黄昏到午夜。夏天的夜晚在东风湖钓鱼，心情是非常凉爽的。

我的朋友老罗经常陪我到湖边钓鱼。我跟老罗有十几年的交情了。老罗对钓鱼不感兴趣，他到湖边来主要是为了陪我，怕我一个人寂寞。老罗的家就在湖边的小村子里。每次夜钓之后，我都睡在老罗家里。

那是一个幸运的周末，临近午夜，我从东风湖钓上一条三尺多长的红尾大鲤鱼。我兴奋极了，打算用它来招待自己的朋友们。这可是野生的大鲤鱼啊，花钱难买的珍品。没想到，第二天早晨，老罗却执意要我把大鲤鱼送给老乔。

为什么要把大鲤鱼送给老乔呢?

老罗说:“老乔的女儿小红最喜欢东风湖的大鲤鱼。”

老罗的话说得干脆，一点商量的余地都没有。听他的吧。不过，我心里还是画了一个问号，老乔的女儿小红，我怎么没见过呢?

老乔我倒是认识。两年前，为了整理一部书稿，我在老罗家连续住过几个月，对这个小村子里的人大多比较熟悉。老乔有五十多岁了吧，妻子死得早，剩下他一个人，整天闷声不响的，你看不出他心中有多高的山多深的水。

老乔正在打扫院子，抬头看见老罗，高兴地说:“小红来信了，说是今天回家!”

“我知道了。”老罗说，“老乔你看看，这是送给小红的大鲤鱼，东风湖的大鲤鱼呀，她最喜欢的!”

“哎呀，”老乔叫了一声，“这么大的鲤鱼，谢谢你啊老罗。”

老罗说:“别谢我，这是侯作家钓上来的，你谢他吧。”

老乔紧紧握住我的手，说："谢谢你呀侯作家。"

我笑着说："老乔你别客气。"

老乔摇着我的胳膊说："中午，今天中午你来喝酒，一定来啊。"

我不知道该说什么，瞥了老罗一眼，那意思是让老罗给我解围。老罗没理会我的目光，走过来对老乔说："老乔，小红回家是一件大喜的事，今天中午，我让几个老哥们都来，咱们好好庆祝一下，怎么样？"

老乔满脸红光，大声说："好，你让他们都来！"

说完，老乔像是想起了什么，扭头对我说："侯作家，你还不认识我女儿吧？"

我点点头。看见我点头，老乔旋风一样刮进了屋子，很快又旋风一样刮了出来。他把一张照片递给我，说："你看看，这就是我女儿小红。"

照片上是一位美丽的少女，十七八岁的样子，微笑着坐在水边的岩石上。看背景，那一汪水很像是东风湖。对，就是东风湖，小红身下那块突出的岩石是我经常垂钓的地方。

老罗插话说："这是小红上大学那一年我给她照的。"

老乔声音高亢地对我说："小红在北京，读大学一年级！"

噢，我明白了，又到了学生放暑假的日子。

老乔向我介绍说，为了迎接小红回家，他已经把家里家外都打扫了一遍，连自己的下巴也打扫干净了。

"还有，"老罗指着满院子的花草说，"小红喜欢花，老乔就年年给她种花。"

我看见老乔挠了挠后脑勺，不好意思地笑了。

我为老乔高兴，也为小红高兴。多么幸福的父亲，多么幸福的女儿啊。

中午的时候，老高、老李、老张和老刘他们几个都各自带着酒菜，喜盈盈地聚到老乔家里来了，彼此嘻嘻哈哈地说笑，气氛很热闹。

已经过了正午时分，小红还没有回来。老乔很焦急，一次次到门外张望。

老罗说："老乔，咱们别等了，小红说今天回来，但没说是中午前回来，兴许是下午回来呢。"

老高、老李、老张和老刘都说："对对对，咱们边吃边等吧。"

老罗又说："老乔，把锅里的大鲤鱼盛出一半，给小红留着。"

几个老哥们都说："对对对，给小红留着。"

酒宴开始，大家不再说笑，都把注意力集中到酒上了，喝得非常凶猛。

高度白酒，一杯接一杯，干！我从来没见过这样喝酒的，吓了一跳。好在，他们并不逼我喝。他们把矛头对准了老乔，一杯一杯的轮流敬他。老乔要是不喝，他们就说：“小红要回家了，你不高兴？”这样一说，老乔就不再坚持了，一仰脖，干！

不到半个小时，老乔就醉了，身子软绵绵地滑下去，滑到炕头上，打起了响亮的呼噜。老罗和几个老哥们互相对了一下眼色，一个个起身走了，谁也不说话。老罗留在最后把桌子收拾干净，也出来了。

我觉得非常奇怪，怎么会这样呢？

老罗阴着脸叹了口气说：“老乔的女儿小红，应该在五年前的今天回家。”

我心头一颤，隐隐地感觉到，这句话的背后一定隐藏了一个让人伤感的故事。到底是怎样的一个故事呢？我等着老罗说下去，他却不说了，只是一个劲地叹气。走过了半条巷子，老罗才重新开口。老罗说：“每年的今天，我们都想方设法让老乔大醉一场，挨过这一天，他就恢复正常了。”

在那个烈日炎炎的下午，我一个人坐在东风湖边那块突出的岩石上，眼含热泪，怀念少女小红。

起风了，我看见小红的微笑在湖面上粼粼地闪烁。我情不自禁轻轻地呼唤一声，小红。

开会

退休以后，父亲像变了一个人似的，经常给我打电话。也没别的事，就是问问我们单位最近开会了没有。什么综合治理的会，什么招商引资的会，什么扫黄打非防汛抗旱的会，什么名目都有，什么名目的会都问，唠叨得厉害。头几次我还有耐心，开过了，或者是还没有开，都一五一十告诉他。要是开过了，父亲会说，噢，这就好。要是还没开，父亲会说，要抓紧时间啊。

父亲以前不是这个样子，以前他很少给我打电话。要是家里有事，也都是母亲给我打。我呢，也轻易不给父亲打电话。一年下来也就是有数的几次，可父亲每次都显得很不耐烦，说，有话快说，我正在开会呢。我很纳闷，怎么我一打电话，父亲就在开会呢？

父亲的电话还在继续打来，而且越来越频，有一段时间几乎每天都打，都是问开会的事。我的耐心达到了极限，对父亲说，你别问了，我们单位决定从此不开会了，什么会都不开。我以为这样一说，父亲以后就不打电话了。没想到父亲一听就火了，他的嗓门一下子高了起来。父亲说，这话是你们单位领导说的？

这话不是我们单位领导说的，是我说的。但我不能告诉父亲是我说的。我对他说，对，是我们单位领导说的。

父亲的火气似乎更大了。父亲说，你们单位的领导，啊，这个这个，他的政治素质是不是让狗吃了？嗯？

紧接着，我听见电话里传来一声闷响。我猜测，父亲肯定是把话筒摔了。

唉，我叹了口气，小心翼翼放下了电话。

一连两三天，上班下班，我心里都不踏实。我想，父亲是不是……是不是精神上出了什么问题呀？我的想法把自己吓了一跳，赶紧用另一个想法来代替它。也许，父亲只是没有适应退休的生活吧，在家里闷的，才狗拿耗子多管闲事。这个想法让我眼睛一亮。狗？对，就是狗。我看到不少上了年纪的人都养宠物狗，到处遛，还跟狗说话，就对待小孙子似的。

周末的下午，我特意去了一趟宠物市场，我要给父亲买一条小狗。我在宠物市场转来转去，转到黄昏，才下决心买了一条比较便宜的。卖主说是“蝴蝶犬”。好吧，那就蝴蝶犬吧。

我去了父亲家。一进门就喊了一声“爸”。母亲赶紧冲我摆手，用手指头指了指父亲，然后又把那根手指头贴在嘴唇上，意思是不要出声，不要打扰父亲。

父亲坐在沙发上看电视，聚精会神的样子，对我的到来没有丝毫表示。我看了一眼电视屏幕，好像是本市新闻，某领导正坐在主席台上作报告。

我尾随母亲进了里屋。母亲看着我怀里的蝴蝶犬，嘴里发出一连串“啧啧啧”的声音。我说，妈，这是我给你和爸买的，养着玩呗。

母亲接过蝴蝶犬，轻轻抚摸它的狗头。蝴蝶犬很乖，伸出粉红色的小舌头舔母亲的手。母亲喜滋滋地说，你看你看，这小东西。

这时候，客厅里传来父亲的声音。父亲说，你们在干吗？

我和母亲一前一后进了客厅。父亲指了指母亲怀里的那条蝴蝶犬说，那是什么？

母亲赶紧走上前，把蝴蝶犬放到父亲脚下，说，小狗，闺女孝敬你的。

父亲瞥了我一眼，说，净整这没用的，多干点正经事比啥都好。

我心里一阵窃喜。父亲这样说，就是比较满意了。他总是这样，心里满意从来不说出口，要是反对肯定当面开火。

话题很快从蝴蝶犬身上移开了。父亲说，丽丽，下次回来，给我带几个笔记本。父亲把茶几上的一个黑皮笔记本拿起来，往我眼前一晃，说，就要这样的。

我说，爸，你要笔记本干吗？

干吗？父亲说，开会，做记录。

这时候母亲插了一句话。母亲对我说，这些日子，你爸天天在家里开会。

天天在家里开会？我更糊涂了。

父亲说，跟着电视开会，本市新闻，本省新闻，还有中央台的新闻联播，天天有会，我忙得很。

我说，爸，你已经退休了……

父亲打断了我的话，说，人是退了，但思想不能退，政治素质更不能退！

父亲这是不高兴了。我愣在那里，不知道该说什么好。母亲赶紧打圆场，说，丽丽你帮我做饭吧，别影响你爸，一会儿他要开省里的会呢。

几天后，我回家给父亲送笔记本。也是黄昏的时候，父亲正坐在沙发上看电视，噢不，不是看电视，是开会。那条蝴蝶犬坐在父亲身边，眼睛鼓溜溜的，也在开会。

自从父亲天天开会以后，再也没有给我打过电话。母亲背地里对我说，你注意到没有？你爸的精神头儿好多了，脸色还红扑扑的，这老东西。

只要父亲高兴，他爱开会就让他开吧。有时，为了逗他开心，我还经常把我们单位准备开会的消息向他汇报。父亲总是说，好的好的，预祝大会圆满成功。

有意思的是，后来，我在父亲家楼下的小花园里，看见父亲很严肃地对蝴蝶犬训话。父亲说，市里的环境卫生大会刚刚开过，你就随地大小便，你的政治素质是不是让狗吃了？嗯？

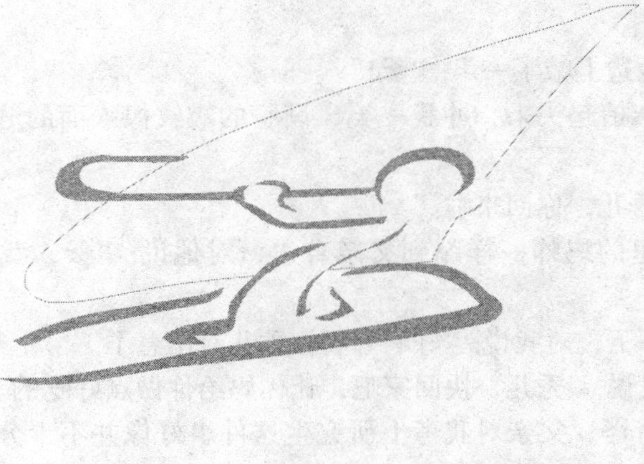

声音

夕阳正红的时候，我回到了家。我要把一个好消息告诉我的父母，我想他们一定会很兴奋的，像天边的夕阳一样，兴奋得满脸通红。

在门前的菜园里，我看到了父亲，他正在浇白菜。他挑着一担井水，在田埂上吱吱哑哑地走，瘦小的身躯随着吱吱哑哑的声音有节奏地一颤一颤。他轻轻地放下担子，弯下腰，把一桶井水缓缓倒进菜地里去。在那一瞬间，我听见了白菜们的欢呼。

那是一片很大的菜园，种植过很多很多种蔬菜，黄瓜，辣椒，茄子，芸豆，西红柿……还有我。在父亲的菜园里，我是一棵最耀眼的蔬菜。我得到了他最精心的照料。为我浇水，为我施肥，一年四季，从来没有清闲的时候。长年累月的劳作让他的腰越来越弯了，就像村外小河边的那棵老柳树一样。

我站在菜地边上喊了一声："爹！"

我看见父亲抬起头来，冲我一笑，满脸的皱纹像水面的涟漪一样舒展开来。

父亲说："秀儿，你回来啦。"

我像菜地里的蚂蚱一样蹦到父亲身边，对他说："爹，我考上了研究生！"

父亲愣了一下，对我说："好啊好啊，秀儿有出息了。"

紧接着他又说："秀儿，快回家吧，让你妈给你做点好吃的。"

我感到很奇怪，父亲对我考上研究生这件事好像并不十分在意。几年前我把考上大学的消息告诉他的时候，他的表现不是这样。那一次，他高兴得浑身发抖，满脸的胡子都在跳舞。

直到天色完全黑了下来，父亲才走进家门。

吃晚饭的时候，我对父亲说：“爹，我想去读研究生。”

父亲没说什么，只是叹了一口气。

我重复了一遍：“爹，我想去读研究生。”

我看见母亲用衣袖挡住了自己的眼睛。

父亲叹着气说：“秀儿，你弟弟今年考上了大学。”

我知道弟弟考上了大学，可是……我的任性发作了，放下了筷子，走进了里屋。

从读初中的时候开始，里屋就是属于我的个人空间，父母很少进来打扰我。直到现在，父母还为我保留着这间屋子。一方小小的书桌，一盏台灯，还有我读过的那些书，都是以前的老样子。我拧亮了台灯，从书架上随意抽出一本书。我的心里乱糟糟的，一个字都没有看进去。我的眼前有一场大雾，大雾里，一群若隐若现的蝌蚪在游动。

不知道过了多久，我听见外屋响起了电视的声音。父亲喜欢看电视，最喜欢听电视里的明星唱歌。他说过，听明星唱歌，可以解除一天的劳累。

电视的声音响了没几分钟，我听见父亲对母亲说：“你去看看，秀儿在做什么？”

我觉得身后的门开了一道缝隙，很快又关上了。

我听见母亲说：“秀儿在看书。”

电视的声音很快就消失了，天地间一片寂静。

我的心头一酸，眼泪大颗大颗滴下来，打湿了书桌上那本书。那是一本初中的语文教科书。

是的，我想起来了，就是从我读初中的时候开始，父亲几乎每天晚上看的都是没有声音的电视节目，直到我考上大学的那一天。我曾经跟父亲开玩笑，说他看的是“动作片”。

现在我才真正懂得，没有声音，其实也是一种声音。

我擦干了脸上的泪水，走出里屋，走到父母面前，对他们说：“爹，妈，我要参加工作了。”

我扭头看了一眼柜子上的电视机。那是一台很旧的电视机，屏幕很小。我看见彭丽媛在很小的电视屏幕上嘴巴一张一合，不知道在唱什么。

我对父亲说：“爹，我想听听彭丽媛的歌。”

父亲的脸上绽开了一丝笑意，他想对我说点什么，可只说了一声“秀儿”，就说不下去了。

彭丽媛的歌声响起来了，她唱的是《父老乡亲》。

文学青年小胡

已经是深秋了。前几天气温骤降，兼之狂风颠雨，柳树的翠叶还没有来得及变黄便一叹一叹地落了，随风翻卷出一腔哀怨的肃杀之气。

这两天气温稍有回升，小花园那儿又聚满了人。

我是无意中看见小胡的。我赶着去办一件事情，从小花园穿过，看见小胡扶着一辆很旧的自行车站在花砖道上，跟身边两个年龄比较大的人说话。小胡说话的声音很响，我在十几步之外就听到了。

小胡说，传销这种事，在美国是很正常的……

我认识小胡已经有不少年头了。刚调到县文联工作不久，他就来给我送稿子。县文联办了一份内部杂志《辽南文学》，以扶持本地的文学青年为己任。作家摇篮嘛，坚持办了很多年，去年才被迫停刊，还真就培养了几个不错的作者。他们在公开发行的文学杂志上发表了小说、散文或者诗歌之后，就开始瞧不起自己的摇篮了，背地里说了不少混账话。

小胡很好，从来不说混账话。当然，他也从来没在什么正经的杂志上发表过作品。

小胡第一次给我送稿子的时候，对我发了很多感慨，还把我的一盒香烟吸掉了半盒。我遇到过不少这样的文学爱好者，他们总是诉说自己对文学是多么热爱，自己走过的路又是多么坎坷，流过多少眼泪，有过多少心酸。你千万不要觉得他们幼稚，他们成熟得很哪。这是弱者的诡计，有相当数量的著名作家在刚起步的时候也是这么干的，为的是博取编辑的同情。编辑的心一软，就会在暗中帮他们使劲儿，这也是人之常情嘛。一般情况下，作者与编辑的关系如果相处融洽，对作者绝没有坏处。

小胡首次对我发动的攻势取得了良好的效果，我被感动得一塌糊涂，还差一点儿掉了眼泪。

小胡是一家企业的工人，在车间里干活儿，两只手经常是油腻腻的。业余时间几乎都用来写作。他的女朋友很敬佩他，同时也很支持他。女朋友给他买书、买稿纸、买钢笔，还有信封、邮票、胶水什么的，凡是跟写作有关的东西，能买得起的，都给他买。看着女朋友忙这忙那，小胡的眼圈儿经常是红的。

小胡的女朋友喜欢看《大连晚报》。小胡在女朋友面前发誓，一定要在这张报纸的副刊上发表一篇作品，作为爱情的果实献给她。女朋友兴奋极了，脸蛋红扑扑的，眼睛水汪汪的，特别妩媚，特别娇美，特别让人心里那个啥。小胡的心脏一阵发颤，连身上的汗毛都硬了。

没过几天，女朋友就问小胡，发表了吗？

小胡说，还没有，我正在写呢。

隔了一段时间又问，发表了吗？

小胡仍然说，还没有，我正在写呢。

这种对话大概持续了半年多时间。

突然有一天，小胡不再回答女朋友的问话了。他沉默不语，假装没听见女朋友的话。女朋友很精明，此后便不再问了。只是，两个人约会的次数比以前少了很多。

又过了大约一年，小胡的一篇散文终于在《大连晚报》上发表了。他拿起报纸疯了一般往女朋友家里跑，慌里慌张的，在楼梯口上还跌了一跤。

女朋友很高兴，捧起小胡的文章，读出了悦耳的声音。

没等女朋友读完，小胡就迫不及待地说，我数过一遍，加上标点符号，一共是990个字。

女朋友抬起眼睛，愣愣地看着他。

小胡说，怎么，你不相信？来，我再数一遍给你看！

女朋友的眼泪下来了。她什么也不说，只是一个劲地流泪。

很久，很久，女朋友才用一只兰花手勾去了眼窝里的泪水，对小胡说，咱们，分手吧，跟你在一起，我的心太累了……

小胡长长地叹了一口气，对我说，就这么，我发表了一篇散文，却失去了一个女朋友，我这是自讨苦吃啊。

小胡的话是不是戏说呢？我跟几个文友核实过，都说，是真的。

我心里很难过，觉得小胡真是太不容易了。

我从小胡送来的稿子里挑出两篇发表了。虽然我只是一个普通编辑，但我送审的稿子，主编一般都放行了。也许，主编根本就没看，只是签个字而已。

小胡经常给我送稿子，一连持续了五六年。平心而论，他的写作水平很一般，而且总在原地踏步，即使发表了，也多少含有一点儿照顾的意思。

小胡的写作速度很快，平均每个月消耗两本稿纸。这哪行呢？我再三告诫他，要控制速度！要反复修改！要字斟句酌！要精雕细刻！

他听不进去，固执得很哪。不仅固执，有时还在背后说点怪话儿。

小胡对我的一位文友说，今天，我给侯编辑送去这么厚一摞稿子，几天看不完，能累死他！

他得意地笑了，还用手指比量了一下稿子的厚度，那厚度足有两寸以上。

听了文友的小报告，我有些气愤，怎么能这样说话呢？这里边缺少一种作者对编辑所应有的尊重嘛。

没多久，我听说小胡下岗了。有人看见他在街头摆书摊。听说，他还想到乡下养猪，想学开汽车。听说，他去了大连，在一家酒店当保安。后来又不当保安了，当洗衣工，比保安的工资高一点儿。

我还听说，小胡发誓，以后不再搞文学了。这也许是真的吧。我已经当上了主编，可他没有再给我送稿子。

一位女诗人对我讲过两件有趣的事儿，都是关于小胡的。

女诗人说，小胡在图书馆里转了半天，然后捂着肚子往外走。管理员说，你把手松开！小胡一松手，啪啦，从肚皮上掉下了两本书。

女诗人还告诉我，小胡约她到家里看书，女诗人翻开一本书，看见上面有图书馆的公章，就说，你偷了图书馆的书！小胡一着急，想说点啥，却突然打起了嗝儿，憋得满脸透红，有10分钟之久，一句话也说不出来。

女诗人边说边笑。我却笑不出来。我心里有一种别样的滋味。

我大概有两年多没见到小胡了。没想到，今天上午在小花园里见到了。

小胡穿一件绿色的夹克衫，敞着怀，里边是浅棕色的毛衣，扶着一辆很旧的自行车，对身边两个年龄比较大的人说，传销这种事，在美国，是很正常的……

我在心里合计，小胡现在可能是一个传销员吧。

我从小胡身边走过的时候，他的脑袋冲我歪了一下，但脸上的表情很冷漠。

一块木板的存在方式

新居比旧居敞亮多了，也雅致多了，这是我和妻子精心设计的结果，也是瓦工和木工师傅们辛苦劳作的结果。住在里面挺舒服。

也有不太舒服的时候。每天进进出出，看见放在楼道拐角处的那条长凳，心里就有点不太舒服。

那条长凳现在名义上是属于我家的。它原先只是一块木板，木板不是我家的，而是附近一个建筑工地上的。

这事我看还得从头说起，不然，大家都让我弄糊涂了。

装修房子一开始，我请来了瓦工。瓦工笑嘻嘻对我说："东家，你能不能弄块木板来，要厚一点，给我搭个桥，你看我施工不方便。"

哪弄呢？我犯了愁。我又不是开木匠铺的。

"喏"，瓦工指着窗外，"你到那儿看看，兴许能借一块来。"

窗外是一个整天叮叮当当的建筑工地，一座大楼正拔地而起。

我硬着头皮去了那里，心里惴惴不安。人家能借么？

工地上有很多忙忙碌碌的人，我插进人空中，转了两圈，终于在一个角落里找到了一块厚木板。足有两米长，两寸厚，稍有点腐，不过载一两个人没问题。我挺高兴，走近一个正在筛沙子的人。

"师傅，我家装修房子，想借块木板用用，行么？"

那人看了我一眼，又低头干活。

我以为他不同意，急忙追了一句："最多用两天，用完了就还。"

这次他连头也没抬，仍然干着手中的活。

我愣了半天，心想，这人是不是有毛病，不如换个人问问吧。

这一换，就换了五六个人。怪了，没一个跟我搭话的。我有些茫然，这是怎么啦？

一个满脸皱纹的老头蹭了过来，压低了声音说：“小伙子，他们不会跟你搭话的。这活儿，是包工不包料，用多少原料跟他们无关，他们既不能说借你，也不能说不借。你要用什么，拿去就是了，跟谁也别打招呼。”

我半信半疑，扛起木板走几步，四处望望。我看见有几个人向我扫了一眼，却没有一个过来阻止的，就壮了胆，大步流星扛回了家。

想不到麻烦事还在后头。两天后，我又去了工地还那块木板。我以为这是很简单的一件事，就径直走到老地方，放下木板，对离我最近的一个人说了声：“师傅，这是我两天前借的，现在还给你。”

那人扭过头盯了我一会儿，突然放开嗓门喊起来：“我没借你木板，快扛走！”

我顿时噎在那儿说不出话来。

那个人的一嗓子吸引来无数的目光。我看见一个披着工作服的人走了过来。

“老胡，怎么回事？”披工作服的人声调很冲。

那个被称作老胡的人就急了：“队长，这人说在工地上借了一块木板，来还。可我没借他，真的没借。不信，你问他！”

队长就看着我。

我磕磕巴巴半天也没说出句囫囵话来。

队长显然有点生气，回头朝那边的一群人嚷：“谁借给他的？”

“没借，没借。”

那边零零落落扬起了同一种声音。

队长白了我一眼：“你是不是弄错了？”

“我……”

“扛走吧，扛走吧，别在这添乱。”众人催促我。

我气呼呼地把木板又扛了回来。心里直骂，真见鬼！

请来的木工师傅倒乐了，梆梆梆，一阵敲敲打打，给木板钉上四条腿，把它变成一条长凳，派上了新的用场。

于是这块不知来自哪座山哪棵树的木板，就以一条长凳的方式呆在我家里，直到装修结束。后来，我嫌它碍手碍脚，就搬到楼道的拐角处。我知道，这肯定不是它的最终存在方式，至于它的最终方式是什么，我无法预料，也懒得预料。

这件事我琢磨过好长时间，最后总算明白了点什么。明白了，就叹一口气。

我曾经把这事说给妻子听，她听完了，狠狠地用手指点了一下我的脑门：“傻帽，既然这样，为什么不再借点别的东西？”

岳父和裤子

据我内弟介绍，我岳父这辈子，对身上的衣物最看重的是裤子。内弟说，他的一条牛仔裤破了，而且脏得不成样子，想扔掉，岳父火了，说你不想穿给我。他能穿么？当然不能。一个快70岁的人，观念又特别守旧，别说破牛仔裤，就是给他一条新牛仔裤，他也穿不出去。那么，岳父要内弟的破牛仔裤干什么呢？也不干什么，费了老大的力气洗干净，熨好，叠得整整齐齐放到衣柜里去了。

内弟说，我岳父有一个很大的衣柜，里边放满了旧裤子。谁也不敢动一下，动了，岳父肯定要发火。

我觉得很奇怪。我猜想，岳父小时候肯定受了啥刺激。

我这话不是随便说说的。按照巴浦洛夫的理论，每个人的古怪性格都能够从童年时代找到答案。以我为例，小时候被人开玩笑掩进水库，头没进水中，差一点淹死。从此受了惊吓，游泳的时候，头部永远高昂，不敢潜到水下去。也就是说，这辈子，我跟跳水和潜泳无缘了。

我问过内弟，岳父在裤子的问题上，啊，这个这个，是不是有过什么别样的……别样的故事？

内弟哈哈大笑。笑过了，点上一支烟，再喝一口茶，滔滔不绝地讲起了岳父和裤子的故事。

岳父小的时候，家里是很穷的。按家庭成分来说，岳父家是响当当的雇农。穷到啥程度呢？穷到全家5口人只有一条被子。夏天还好过，冬天就难熬了，人人都想争被子盖啊。

通过内弟的讲述，我很快就在脑子里勾勒出岳父全家人在冬天睡觉的场景。岳父他爹睡在土炕中间，两个儿子和岳父他妈他姐分别睡在两边，一条被子横着盖。被子横着盖，两头短，脚只好露在外边，脖子也只好露在外边。问题不在这里。问题在于，5个人睡一条被子，两边的人都盖不住。只好争被子，最左边的人把被子往左边拽，最右边的人又把被子往右边拽。被子总是稳定不下来，像波浪一样一会儿飘到左边，一会儿又飘到右边。你想想，在波浪下面睡觉，能睡踏实么？岳父他爹不高兴了，手里拿着一个小鞭子，谁拽被子就抽谁。抽也不行，还是拽。没别的办法，只能再抽。就这样，岳父他爹每天晚上都拿着鞭子睡觉。

我原以为，在旧社会，只有地主恶霸手里才拿着鞭子，没想到被压迫的劳动人民手里也拿着鞭子。

我禁不住笑出声来。按理说，我是不应该笑的，我应该很同情他们才对，我的心情应该很沉重才对。尽管我很同情他们，可我还是笑了，心情没有丝毫沉重的感觉。没办法，那个场景实在是太可笑了。

下面我要说，岳父直到9岁那年才穿上裤子，你不会感到特别意外吧？

9岁以前，岳父穿的是他爹的破褂子和破棉袄，褂子和棉袄长，盖住了小腿，裤子就免了。9岁那年，岳父的姑姑出嫁，岳父是家里的长子，按规矩是要去送亲的。可没有裤子怎么行呢？那涉及到一家人的体面啊。

岳父他妈叹着气，在村子里走来走去，给岳父借裤子。只能到有钱的人家才能借到裤子，穷人家哪有多余的裤子借给别人呢？而有钱人最瞧不起的就是穷人，鼻孔朝天，牛气得很哪。这是真理。以前是这样，以后还是这样。所以，借裤子这样一件小事，做起来并不容易。

岳父他妈费尽了口舌，才借到一条打满补丁的裤子。岳父他妈把裤子递给岳父时，眼圈已经红了。

这不算什么，受点委屈，能把裤子借到手就行了。穷人，是不应该有自尊心的，你说是不是？

岳父不知底细，穿上那条打满补丁的裤子跟他爹一起兴冲冲去送亲了。吃完午饭，走了20里山路回到村子里的时候，出事了。借给他裤子的那家主妇把他堵在村子中央，逼着他把裤子脱下来。回家再脱不行么？不行！怎么说都不行。岳父他爹火了，不是对那家主妇发火，而是对自己的儿子发火。他抬手给了岳父一个耳光，厉声喝道，小鳖犊子，还不赶紧脱！

岳父在村口当众脱下了那条打满补丁的裤子。裤子慢慢地脱下来，泪水也慢慢地流下来。

岳父的一生从来没流过那么多的眼泪。

岳父对内弟说，要是把那些泪水都盛起来，能装满一个水缸。

我私下里猜测，岳父当时的年龄太小，否则，非参加革命闹翻身不可。

很多年以后，岳父离开家到城里工作了。他每次回老家，都要带几条新裤子，每天换上一条，在村子里走来走去。这个习惯他保持了几十年。这是真的，我亲眼见过。

内弟跟我讲完岳父和裤子的故事以后，我突然萌生了一个想法，今年过年的时候，我一定要给岳父买一条新裤子。不，不是一条，是两条。

走来走去的老齐

在小花园里，我经常看见一个干瘦的老头儿，大伙儿都叫他老齐。

老齐好动，哪儿都待不住，这儿遛遛，那儿遛遛，走来走去。大伙儿说，除非是刮风下雨的天气，老齐每天至少来小花园两次，上午一次，下午一次。他很少找个地角坐下歇歇腿脚。他总是这样，这儿遛遛，那儿遛遛，绕着小花园转上几圈，消磨个把钟头，就离开了。

看着老齐的背影，有人说，他是不是又到农贸市场上去了？

说到农贸市场，有人忍不住笑了起来，说，老齐，这个老齐呀。

也有叹气的，说，唉，这个老齐，咋这么没出息呢？

起初，我并不知道大伙儿为啥这样说老齐。后来知道了，心里有一种别样的感觉。

其实，在这个小花园里跟时间较劲的男男女女们，几乎没有人能说出老齐的来路。有的说他是一个退休干部。有的反驳说，不像不像，了不起是个退休工人。有的说，他是个孤寡老头儿，无儿无女。还有的说，他年轻时受过刺激，精神头儿不是太好。

这些说法都是猜测。

不过，闲聊嘛，对也罢，错也罢，都没啥关系，你说是不是？

我曾经用心地观察过老齐。我发现老齐有个习惯，喜欢把两只手相对，抄在衣袖里走路，而且，迈出的每一步都好像有点犹豫不决。春天，秋天，冬天，老齐都是抄着手走路的。夏天穿短袖衣服，无处可抄，老齐便把双手搭在裤腰处，一只手捂着另一只手，拖着脚步，慢腾腾地走，迈出的每一步，仍然犹豫不决。

我觉得，在人生的晚景之中，老齐肯定是迷路了。

老齐绕着小花园转圈从来都是按着逆时针的方向。从图书馆门前进来，向南，经过歪柳树，紫藤，老杨树，拐向公共厕所，一圈儿下来，又绕到图书馆门前，然后再重复下去。相信天命的人大概会说，他这是步步都踏在逆境之上啊。

老齐从来不主动跟人搭话。有人跟他打招呼，他也总是抬起头冲人家笑笑。那笑容是稍纵即逝的，好像一个干大事业的人不愿意让闲杂人等占用他的时间似的。

偶尔，老齐会仰起头来看看天。

天上有什么呢？

天上只有一丝丝像人生一样匆匆的浮云。

老齐收起目光，轻轻地摇摇头，继续犹豫不决地行走。

虽然老齐放弃了语言，但他在小花园里却拥有极高的知名度。关于他和海蛎子的故事，几乎每天都在口口相传。

小县城里的人都知道海蛎子。一种海洋生物，软体甲壳类，学名叫牡蛎。莫泊桑的短篇小说《我的叔叔于勒》中写到过它。

“她们的吃法也很文雅，一方精致的手帕托着蛎壳，把嘴稍稍向前伸着，免得弄脏了衣服，然后嘴很快地微微一动就把汁水喝了进去，蛎壳就扔进海里。”

莫泊桑写的是生吃海蛎子。

老齐也喜欢生吃海蛎子。说喜欢并不确切，应该说是酷爱才对。

平心而论，在所有的海鲜里边，只有海蛎子这东西是最适合生吃的，味道极其鲜美。我小时候常吃，现在也常吃。有人说他的胆固醇含量很高，那也没关系，还是吃！在吃的问题上，是没有什么道理好讲的。

老齐生吃海蛎子从来都是不花钱的。是有人送给他吃么？不是。是他到农贸市场上去蹭着吃的。

在市场上出售的海蛎子大多是剥好了的，连汤带水装在桶里。老齐走到卖海蛎子的摊位前面，说，我尝尝。谁能不让他尝一尝呢？老齐把抄在袖子里的手抽出来，用勺子从桶里舀起两三枚海蛎子，连汤带水地、美美地倒进嘴里。然后走到下一个卖海蛎子的摊位前，说，我尝尝……

一路品尝下来，差不多就有半斤多海蛎子进了老齐的肚子。老齐抹抹嘴，脸上挂着不易察觉的微笑。

据说，老齐这样做已经有些年头了。

小县城里有好几处农贸市场，所有卖海蛎子的人都认识老齐。时间长了，大家都不给他好脸色。有人还当众呵斥过他，说老家伙，总尝不买，占便宜来啦？我看你是欠揍！听人家这样说，老齐的脸色变得煞白，身子不停地抖动。

后来，老齐再也不敢随便去品尝海蛎子了，而是赔着小心对人家说，我，我想喝两口汤，你看行不行？

这些事，有不少人都拍着胸脯说是亲眼见过，看来是真的。

唉，老齐呀。

老齐的心中一定藏着很多对生活的感慨。可惜，他从来不说。

话再说回来，即使说了，又能怎么样呢？

有时候，老齐连海蛎子汤也喝不上，人家嫌他碍事，横眉竖眼地把他拦到一边去了。据说这事也有目击者。

我最后一次看见老齐，是在春天的某个下午。小花园的上空有一团团的柳絮在耀眼的阳光中跳舞。

一个小男孩扯着妈妈的手说，妈妈你看，谁家的棉花让风吹上了天？

正在绕圈子的老齐听见了，停下脚步，把腰弯成了一张弓，摇着头对小男孩说，不是棉花，是柳絮。

那天下午，老齐一直在喃喃自语，不是棉花，是柳絮。

老齐的举动让很多人感到有些意外。

此后，老齐再也没有到小花园来过。夏天没有来，秋天也没有来。

现在已经是初冬季节了，老齐仍然没有来。他大概永远也不会来了。

下坡或者上坡

从县政府往东走，是一个长长的下坡。当然也可以这样说，从国税局往西走，是一个长长的上坡。两种说法，指的是同一条道路。人间的勾当就是这样，同一个事物，至少会有两种不同的说法。乍一听，好像是矛盾的，是相反的，仔细琢磨，其实是一回事儿。立场不同，视角不同，说法自然就不会相同嘛。

从县政府到国税局之间那个长长的下坡或者说是长长的上坡，几天前发生了一场交通事故，把我和我的朋友老周都牵扯进去了。我的心情很不平静，老周的心情也很不平静。

说实话，如果早知道那个黄昏有交通事故发生，我会拒绝老周来接我。也就是说，我会避免让老周的奥迪轿车从那个下坡或者上坡经过。只要避免了这件事，我们两个就会在晚上六点钟准时走进农家菜馆，点几个可口的小菜，比如小葱拌毛虾、干煎黄花鱼、酱闷海兔、鸟贝炒青椒什么的，再来一钵“王妈疙瘩汤”，好好地小酌一番。可惜，交通事故这东西不像地震，事先还能给你个预兆。交通事故不是这样，一点说法都没有，咔嚓一声，就发生了。

老周曾经是我的同事，两个人在同一间办公室里坐对面桌，关系相当密切。十几年前“下海”热的时候，老周义无反顾地下去了，开办了一个律师事务所。如今，老周的事业红红火火，连奥迪都开上了。我呢，还窝在原先的那个部门。当然也“进步”了，不过跟老周相比，我的“进步”可以忽略不计。

老周不忘旧交，忙里偷闲，会主动来电话约我出去小聚。去的是老地方，农家菜馆。

那个黄昏跟往常一样，老周亲自开车来接我。我在副驾驶的位置上坐好，奥迪便缓缓驶出县政府的大门。跟往常不一样的是，在那个下坡的中间地段，我们发现前面路边上围了一群人。老周把车停下了。

老周说："肯定是交通事故。"

说完，老周打开车门走了出去。我坐着没动。我不想管这种闲事，弄不好会管出一身麻烦的。这样的例子我见到的不少，听到的更多。原本是一种美德，可很多人都被自己的美德弄得焦头烂额……

我正胡思乱想着，老周回到车上，从公文包里拿出纸和笔匆匆地写些什么。

我说："老周，别管闲事。"

老周没有抬头，边写边说："不管不行，弄不好有生命危险。"

我知道自己拖不住老周的后腿。他认准要做的事，谁反对都不行。当年"下海"的时候就是这样。

我心里有点不踏实，跟老周一起下了车。我看见柏油路上躺着一个白发的老人，脑袋上有血，手上也有。跟我想象的一样，肇事司机逃走了。没逃走的是一群围观的看客。事不关己，看看又何妨呢？何况，看过以后，他们至少会捡到一个话题，跟别人说来说去，还可以发几声感慨，加几句议论，甚至还可以骂骂娘。

老周走到白发老人身边，扶起了他的上半身，把纸和笔都递给他，说："老人家，你签个字，证明我不是肇事的司机。签完字，我送你上医院。"

老人的神志还算清醒，他看了老周一眼，点点头，接过笔，在纸上写下了自己的名字。我注意到，老人的手有些颤抖，字写得歪歪扭扭，而且，还把手上的血蹭到那张"证明"上去了。

这时候围观的人群里发出不同的声音。

一个声音说："救人要紧，签哪门子字呢？"

又一个声音说："快点吧，出了人命谁负责？"

还有一个声音说："人心不古，人心不古哇。"

老周一声不吭。我不知道他在心里想什么。我倒是有些愤愤不平，一大群人没一个肯动手帮忙的，现在倒说起风凉话了。

我们把老人送进了医院。还好，伤势不算太重。医生说，还需要住院观察一下。恰好，老人的儿子也赶到了，住院的事情，让他去安排吧。

老人的儿子是个穿着皮夹克的中年人，脸色很阴，似乎有些愤怒。他没有急于去安排住院的事情，而是瞪着眼睛走到我们身边，说："怎么回事儿？"

老周把前后的经过跟他说了一遍。皮夹克沉默不语，他的表情很怪，似乎不相信老周的话，又似乎是将信将疑。屋子里的空气僵硬了。老周轻轻叹了口气，把“证明”拿出来给他看。皮夹克低着头看“证明”，看了很久很久，才从牙缝里挤出了几个冷冰冰的字：“那就，谢谢啦。”说完，一转身走了，连老周的姓名都没舍得问一下。老周不是肇事司机，他心里是不是特别失望呢？

我对皮夹克非常不满。什么人呀？人家帮了你父亲，你就用这种态度来对人家？

老周长长吁了一口气，突然在我的胸脯上擂了一拳，大声说：“走，我们到富丽华大酒店，一醉方休！”

富丽华大酒店是本地最高档的酒店，我和老周还从来没有一起去过呢。

已经是晚上九点多了。老周先把奥迪开回了家，然后我们打车奔向富丽华大酒店。看老周的架势，真的要一醉方休了。

我很纳闷儿，老周怎么变得如此兴奋呢？

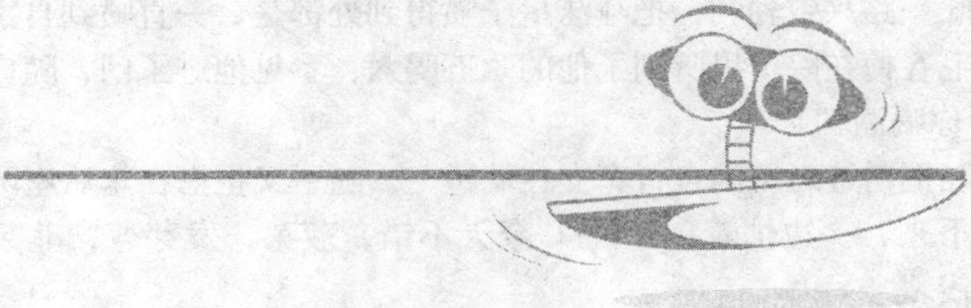

村西的桥

村民肖根旺从太阳镇回到村子里的时候，已经是下午两点多钟了。他是骑自行车回来的。到了村口，他从自行车上跳下来，推着车往村子里走。他的脸色红滋滋的，嘴里哈着酒气，脚步踉踉跄跄。他的踉跄有一少半是酒后的反应，有一多半是故意装出来的。他还故意把自行车往坑坑洼洼的地面上推，一路叮叮当当。一方面是表示他已经控制不住自己了，另一方面也是为了吸引别人的注意。

肖根旺对遇到的每一个人说，他在镇上的太阳升饭店喝酒了，一个老朋友请的，吃了猪耳朵、黄花鱼、小鸡炖蘑菇、酸菜炒花肉，高度白酒喝了至少有半斤！

肖根旺说："我呀，我现在是头重脚轻，只恨人间路不平啊。"

肖根旺一路兴致勃勃，把唾沫星子喷得到处都是，一直喷到自家的院门口。老婆毛春梅在院子里听到了他的吆五喝六，看见他进了门，随口问了一句："谁请你喝酒？"

肖根旺把锈迹斑斑的自行车支在墙边上，随手又把搭在车后座两旁的柳条筐卸了下来，一边忙着一边说："今天不错，菠菜，发芽葱，韭菜，都卖上了好价钱。"

毛春梅对肖根旺没接她的话茬有些不满，加重了语气说："谁请你喝酒？"

肖根旺说："是歪嘴吴。"

毛春梅瞅着肖根旺的背影笑了。显然，她知道歪嘴吴这个人。但她忍不住又问了一句："他为啥请你喝酒？"

肖根旺把两只柳条筐归弄好了，回过身来，拍打着手上谁也看不见的灰尘，说："他是感谢我。"

毛春梅的眉毛向空中挑了一下:“感谢你?感谢你啥?”

肖根旺咧着嘴笑了:“我年轻的时候，在碧流河修水库，歪嘴吴病了，是我把他送回了家。”

毛春梅“噢”了一声。肖根旺谈兴未尽，接着说:“水库工地的活儿太累，送歪嘴吴回家，我可以轻松一天。”

“歪嘴吴这个人，”肖根旺总结性地说，“是个傻蛋!”

毛春梅也咧着嘴笑了:“我知道你会算计，对你没好处的事你是不会去干的。”

肖根旺不满地瞪了毛春梅一眼:“屁话!对你没好处的事，你会去干?”

话不投机，肖根旺不再搭理毛春梅，抬腿进屋倒在了炕头上，连鞋都没脱。毛春梅跟了进来，她摇了摇肖根旺的腿，说:“先别睡，有件事要跟你商量。”

肖根旺翻了一下眼皮，等着毛春梅继续往下说。

毛春梅说:“上午村民小组长到咱家来，说打算在村西的河套上修一座小桥，让大伙儿自愿捐款，你说咱捐不捐?”

肖根旺从炕头上坐起来，两块眼皮也跟着快速地翻动起来。翻动了一会儿眼皮之后，他点上了一支烟，很快，就有大股的烟雾从他的鼻孔里冒出来，从他的嘴巴里冒出来。

毛春梅看着鼻孔和嘴巴同时冒烟的肖根旺，赔着小心说:“我琢磨了半上午，村西修一座桥，对咱还是有好处的。到西坡放羊，来来去去的，方便不是?”

肖根旺不吱声，鼻孔和嘴巴里还在冒烟。

毛春梅说:“你忘了?去年夏天，你去放羊，不是掉到河套里了?还把脚脖子崴了。”

肖根旺点点头，突然问了一句:“这件事，谁的表现最积极?”

毛春梅很肯定地说:“是刘福安。他上午挨家挨户走了一回，动员大伙儿捐款修桥。”

“妈的，这就对了!”肖根旺大声嚷嚷起来，“刘福安家的承包地都在村西头，他是为了自己方便，才动员大伙儿捐款修桥的。”

肖根旺把两只手的拇指和食指圈成一个小圆圈，对毛春梅分析了眼前的形势。“修了桥，咱们得到的好处，像土豆这样大。”肖根旺把声音抬高了两寸，“可是!刘福安得到的好处，”他把两条胳膊张开，圈成一个大圆圈，“有倭瓜这样大!”

肖根旺腾地一下从炕头上站了起来，说:“不行!”

肖根旺从炕头上跳了下来，对愣头愣脑的毛春梅说:“我出去一趟，跟老赵、老李、老张还有老高说说，让他们也不要捐款。他们跟刘福安有矛盾……”

话还没有说完，肖根旺已经大步流星跨到门外去了。

毛春梅知道，肖根旺肯定找老赵、老李、老张还有老高比量小圆圈和大圆圈去了。

天色慢慢地黑下来了。已经过了吃晚饭的光景，肖根旺还没有回来。毛春梅寻思，怕是又赖在谁家蹭饭吃了，这是肖根旺的老毛病，算了，不管他。

肖根旺回到家的时候，毛春梅已经躺下准备睡了。肖根旺冲着毛春梅一个劲儿傻笑，嘴里开满了牙花。

毛春梅瞥了他一眼，小声说:“吃饭了没有?”

“吃了。”肖根旺开始脱鞋了，边脱边说，“刘福安请我喝酒。高度白酒，喝了至少有半斤!”

毛春梅的脖子硬了一下，离开了枕头，说:“刘福安请你喝酒?”

“是刘福安请我喝酒。”肖根旺上了炕，开始解上衣的纽扣，“这个人不错。我答应他，明天跟老赵、老李、老张还有老高说说，让他们都捐款。”

肖根旺开始脱裤子了，便脱边说:“咱也捐款。不管怎么说，修了桥，对咱也有好处……”

毛春梅问:“咱捐多少?”

肖根旺的身子钻进被窝，说:“五块。刘福安给了我一盒烟，那盒烟值五块。”

说完，肖根旺就打起了响亮的呼噜。毛春梅熄了灯，听着肖根旺响亮的呼噜，心里特别踏实。很快，她也睡了。

累了一天，是该好好睡一觉了。这是一个春天的夜晚，是安详的，同时又孕育着无限的生机。这还是一个特别适合做美梦的夜晚。梦中似乎应该有一座桥，村西的桥。

诗人和手机

在我很年轻的时候，曾经是一个诗人。现在不是了。是诗人的时候，我觉得生活挺有意思的。现在不是了，我还是觉得生活挺有意思的。看来，写诗这件事情，对我来说，就像往长江里边撒了一泡尿，有它不觉得多，没它也不觉得少，确实是可有可无的。

不过对另外一些人来说，情况就完全不同了。比如那个名叫波波的人，就是一个纯粹的诗人。换句话说，写诗，已经成为他的生存方式，就像一日三餐那样。借用波波自己的话说："没有诗的生活，还能叫做生活么？"

十五年前跟波波第一次见面的时候，我已经不太年轻了。波波的年龄比我还要大一些，也不太年轻了。不过波波的心态要比我年轻得多。波波在我面前满怀激情朗诵自己的诗，有些我听懂了，有些似懂非懂。但大概的意思我还是听出来了，他是在歌颂爱情。歌颂早晨的爱情，歌颂中午的爱情，歌颂黄昏的爱情。我很想听听他怎样歌颂午夜的爱情，可惜没有听到，太遗憾了。也许在波波看来，午夜时分，爱情已经睡着了，发出轻轻的鼾声，或者是打着响亮的呼噜，歌颂起来是有些难度的吧？

我一向觉得，爱情，是想起来让人眼睛发亮，真正实践起来又让人疲惫不堪的一种东西。相比之下，还不如去歌颂一只野兔。我还记得一位外国作家说过的话："没有野兔的原野，还能称得上是原野么？"

我坦诚地向波波表达了自己的看法。我看见波波的脸色有了明显的变化，晴转阴，阴转多云，多云转雷阵雨……只听轰隆一声，波波拍案而起了，把桌子上满满的一杯茶吓得跳了起来，茶杯跌倒在地，茶水倾泻而出，把我的前胸都打湿了。

波波拂袖而去。此后我一直没有再见到他。

但关于波波的消息，我偶尔还会听到。是我的一些爱好文学的朋友告诉我的。他们说，波波下岗了。他们说，波波离婚了。他们说，波波在一家矿泉水公司工作，负责给各家各户送水。他们说，波波又结婚了，娶的是一个乡下女人。他们说，波波不在矿泉水公司干了，自己干，骑三轮，当上“板爷”了。

我说:“波波还写诗么?”

他们说:“还写。”

我说:“波波还歌颂爱情么?”

他们摇了摇头，说:“不歌颂了。现在波波对爱情嗤之以鼻。”

我心中一抖，说:“噢。”

今年夏天，我无意中在一家网站上读到了波波最新的诗作。果然不再歌颂爱情了。当然，他也没有按照我的想法去歌颂一只野兔。他可能是太累了，啥都不想歌颂了。你要知道，板爷不是那么好当的，很辛苦。汗水一粒一粒掉下来，比他每天吃到嘴里的米粒还要多，太不容易了。据说，波波现在的脸色跟三轮车的把手差不多，是铁锈的颜色。你想想，一个脸上生了铁锈的诗人，你还能指望他去歌颂什么呢?

我经常到网上去阅读波波的诗。我发现，波波已经从浪漫主义走向了现实主义，从李白走向了杜甫。他的诗作变得很平实，很脚踏实地，都是一些耐人寻味的大白话。这很好。我不得不对波波刮目相看了。特别是那一首题为《我的手机》的短诗，更是让我的心灵颤动不已。

这是一部二手手机 波导1200型
陪伴我已有两年时间 功能如同老式电话
无数次地翻开与合上之中
时光逐渐在指缝中流逝

朋友告诉我，波波的手机主要用来接听老雇主们的电话。老雇主说，波波，到集贸大厦来，有活了。波波说，好咧，我马上就到！老雇主说，波波，到家具市场来一下。波波说，好咧，我马上就到！一天天的，波波对着手机一遍遍地重复，好咧，我马上就到!

时间已经在屏幕的边上留下裂纹
比赝品字画少一道工序
一根皮筋将机身和电池捆绑成夫妻
没有观赏价值 痛并维系着

这就是波波的手机，像他的生活一样，没有“观赏价值”。即便如此，又能怎么样呢？日子还是要一天天地过下去。这是怎样的一种无奈啊。

有事拨通外界 限时60秒以内

单项 月最低25元消费 不能收发短信

有时自动关机 有时

在接听的途中掉线

刚刚读完这首诗，我又从当天的晚报上看到一篇关于波波的报道，标题是《一个诗人的生存方式》，同时还配发了波波的一张大幅照片。照片上的波波拉着满满一车货物，正在爬坡。照片下面的文字说："憋足了丹田气，双腿用力蹬地，双臂使劲，绳子勒进肩膀，脸和脖子青筋凸现，豆大的汗珠挂在前额，这就是诗人波波的生存方式。"

波波的一条手臂上缠着毛巾，做什么用呢？看了半天，我突然明白了，那是擦汗用的。把毛巾缠在手臂上，一抬手就可以擦汗了，方便。

屈指算来，波波已经是年过半百的人了。想想，真是让人心酸。

我的眼睛有些潮湿。我很想跟波波通一次电话，真的很想。但愿我跟波波通话的时候，他的手机不要自动关机，或者，在接听的途中掉线。

大牛的保护伞

以前是小牛，现在是大牛，以后就会渐渐变成老牛了。

大牛的工厂倒闭了，从此没了上班的地方。城里的办公大楼很多，都需要有人进去上班，可惜，大牛认识那些大楼，大楼却没一个认识大牛的。

通往老牛的路还有很长的一截儿要走，大牛总不能干瞪着眼在家里抱窝吧？

大牛叹了一口气，咬咬牙，把全家人的裤腰带都勒紧了，把父母和岳父母的裤腰带也勒紧了，舞舞乍乍的，终于弄了一辆出租车回来。

大牛开上出租车了。刚开始还有点不适应，忙活一天，腰酸腿疼的，心里憋屈，有点骂娘的意思。不久就习惯了。腰不酸了，腿也不疼了，也不想骂娘了。就这么混吧，挺好的。

也有让大牛闹心的时候。不是一般的闹心，而是非常非常闹心。

为什么会闹心呢？

大牛经常违章。一违章，交警就要罚款。几乎每一张罚单都对他说，伙计，这一两天的活儿你是白干了。经常这样，你想，他能不闹心么？

大牛认为自己没有违章，但交警不这样看。他们普遍认为，大牛的确是违章了。说你违章就是违章，嘴硬什么？你以为自己是天鹅啊？

后来大牛才知道，本地的土政策，对违章司机的罚款是有指标的，而且，超出指标的部分有提成，比例不小。难怪交警们一个个后脑勺上都长了眼睛。

大牛想通了，光嘴硬是没用的。煮熟的鸭子嘴还硬呢，有啥用呢？

得想个办法才行啊。

躺在床上睡不着，大牛翻来覆去总合计这事儿。

大牛决定为自己寻找一把保护伞。只要有了这把伞，遇到什么样的雨都能应付。事实上，不少人都是这样干的。人家都打着伞，自己却傻乎乎地光着脑门儿，雨点不往他的头上砸往哪砸呢？

可是，大牛把脑子里的所有角落都翻遍了，捎带着把两个耳朵眼儿也翻了一遍，愣是没找到一个穿制服的熟人。不光交警大队里没有，连卫生防疫站里也没有。

唉，总得想个法子才行啊。

大牛开始频频到火车站的停车场上等活儿。这里的出租车司机有个习惯，没事的时候喜欢三五成群聚在一起聊天。他们还有一个习惯，喜欢拿交警来说事儿。这太好了。大牛就是冲着这个来的。

几个月下来，大牛终于获得了一些有用的信息。特别是关于交警老胡的最为详细。好吧，大牛把目光对准了老胡。他打算把老胡培养成自己的保护伞。行不行心里还真是没底。有枣没枣打三杆，试试看吧。

老胡的活动范围在抱龙山庄一带。大牛常去转悠，他希望自己能尽快跟老胡接上头。

大牛知道，天下没有白吃的午餐，同样，天下也没有白拿的伞。大牛好歹也是高中毕业，这个浅显的道理哪能不懂呢？

为了跟老胡接头，大牛是做了充分思想准备的。同时，还有充分的物质上的准备。

机会终于来了。

大牛看见老胡站在马路边上，他猛一打方向盘，得，违章了。

老胡火了，一摆手，让大牛把车停在路边，劈头盖脸一顿训斥。说胆子不小哇，敢在我眼皮底下违章，你以为你是谁？你是王母娘娘的女婿么？嗯？

大牛面带微笑下了车，故作惊喜对老胡说，哎呀，老胡大哥，是你呀！

老胡愣了。你是谁？

大牛的脸上笑出了花儿。老胡大哥，你忘了？我是牛小三呀。

接着，大牛开始跟老胡大哥喋喋不休地怀念过去的时光了。他说起当年破败的大杂院，说起一排排粗壮的白杨。老胡连连点头。是的是的，倒退三十年，这座小城市里到处都是破败的大杂院和粗壮的白杨。可是，牛小三是谁呀？

老胡的眉头皱得很紧。他想了好一阵子，怎么也没想起来牛小三是谁。

大牛说，也难怪，老胡大哥，你读高中的那一年，我还没上小学呢。你想不起我是正常的，我要是忘了你就太不应该了。小时候我父亲总对我说，要向你学习，做一个有出息的人。他的话，我一辈子都记在心里啊。

老胡终于咧开嘴笑了，说真没想到是遇见老邻居了，你父亲还好吧？

大牛赶紧说，好，他好着哪。

就这么，大牛跟老胡接上头了。热热闹闹地唠了半天，老胡有点抹不开面子，想免了大牛的罚款，谁知大牛坚决不同意。

大牛说，老胡大哥，这不行，你这是公事公办！罚款我一定要交，以后的事咱们以后再说！

几句话把老胡说得特别感动，一再念叨，都像你这样就好喽。

分手时，两个人交换了手机号码，还约好了，有时间坐在一起好好喝两杯。

大牛心花怒放，哼着小曲儿把车开走了。

大牛在心里一遍一遍地说，老胡啊老胡，我非要把你培养成保护伞不可！

脚踏红尘

桥上的糖饼

1950年，身材矮小的老马夫妇费了老大的力气才生出一个儿子，担心儿子像他们一样长不大，给取了名字叫“爱长”。马爱长12岁时，比同龄的孩子矮半个脑袋。老马夫妇连连叹气，说马爱长呀马爱长，你咋就不爱长呢？其实也不是马爱长不爱长，是他们家的肥料不行。老马两口子为了生儿子累垮了身子骨，一天三顿离不开吃药，国家给的细粮和副食品的票据都让他们偷偷卖掉了，虽说住在镇子上，但家里的生活跟周边乡下的农民没啥两样，年年月月，靠的是玉米和高粱充饥。你想想，在这种情况下，马爱长怎么能爱长呢?

马爱长12岁那年夏天，在一座小铁桥上幸福地吃到了半张糖饼。这段经历在以后的日子里经常在他眼前浮现，让他不得安生。

那个夏天在马爱长看来是有些奇怪的，每天下午放学以后，镇子中间的那座小铁桥上就会出现一张糖饼，随糖饼一起出现的还有他的同学李保一。李保一站在桥上，糖饼也站在桥上。李保一很安分，糖饼却很不安分，经常跳起来往李保一的嘴里钻。钻一次，李保一就要鼓着腮帮子大嚼一通。钻来钻去，糖饼就渐渐小下去，直到完全消失。马爱长知道，糖饼已经钻进李保一的肚子里去了。他心里难过极了。他恨糖饼，恨糖饼为啥不往他的嘴里钻。他难过地想，要是糖饼肯往他的嘴里钻，他一定会非常爱长。

李保一是个独生子，他妈生他的时候把肚子弄坏了，以后再没生出一儿半女，他爹叹了口气，半道上把儿子改名叫“保一”，意思是要保住这唯一的根苗。李保一长到12岁，身子瘦弱下来，他爹他妈吓坏了，节衣缩食的，每天给他烙一张糖饼，就像给庄稼追肥一样，盼着他长得更壮实一些。没有糖饼的时候，李保一在镇子上是一个不出奇的孩子，有了糖饼就不一样了，跟同龄孩子说话，嗓门粗了不少。

终于有一天，马爱长控制不住自己了。那天的风向不好，糖饼的甜味和香味随风飘来，把他的鼻孔和嘴巴挑逗得要蹦起来。他赶紧用手捂住自己的鼻孔和嘴巴。等他松开手，它们又要蹦起来。他生气了，攥起拳头，对李保一手中剩下的半张糖饼说："不行，无论如何，你要让我咬一口！"

马爱长刚刚在教室里学到了"无论如何"，没想到在这儿用上了，而且用得那么顺溜。

没等糖饼反应过来，李保一先说话了："凭啥让你咬一口？"

是啊，凭啥呢？马爱长说不出来，支支吾吾了一阵子，猛地放开了喉咙："不凭啥，无论如何，你就是要让我咬一口！"

说这话的时候，马爱长还冲着李保一挥了挥拳头，摆开了打架的姿势。

李保一不怕马爱长，但他不想跟马爱长打架。他爹他妈不让他跟别人打架，说要是他跟别人打架，以后就没有糖饼吃了。

李保一难住了，怎么办呢？他倚着桥栏看桥下的回头河，看了一会儿，突然有了主意。他指着桥下的流水，扭头对马爱长说："你下去捉一条鱼给我，我把糖饼给你。"

真的？马爱长咧开嘴巴笑了，赶紧往桥下跑，跑几步又停住，回头对李保一说："你不准再吃了。"

水里边还真有不少小鱼，马爱长张开两只手摸来摸去，就是捉不到。李保一在桥上指导他："你把背心脱了捞鱼。"

马爱长把背心脱了，捞来捞去，还是捞不到。他浑身都湿透了，不知是汗还是水。眼瞅着太阳快落山了，他急得想哭。

事情的结局是，马爱长回到桥上，一把夺过李保一手中的糖饼，狠咬一口，然后转身回家，另一只手上拖着脏兮兮的背心。当天晚上，马爱长被他爹可劲揍了一顿，原因是他把白背心弄成了黄背心。从此以后，他不再随便到桥上去了。

很多年以后，在酒桌上，马爱长对我说起了这一段童年往事。他感慨了一声："那半张糖饼可真甜哪，没等我咽下去，整个胸脯都甜透了。"说着，还用手在自己的胸脯上比划了一圈。

同样是很多年以后的一个下午，马爱长见到了在外地做生意的李保一。两个人都显得很热情。晚上李保一请马爱长吃饭，地点选在回头河边的一家大酒店里，透过窗户，能看见当年的那座小铁桥。让马爱长难以忍受的是，那顿饭的主食是糖饼。

说起这件事，马爱长有些愤愤不平。他说："妈的，这辈子，我在李保一面前再也抬不起头来了。"

金黄色的杏

2005年，马爱长55岁，成了一个小有名气的画家。辽宁省美术家协会会员嘛，相当不错了。唯一的不足，是手头上不太宽裕。这是让他比较闹心的地方。

熟悉马爱长的人都知道，他在花钱方面从来都是小手小脚、蜻蜓点水似的，弄出点若有若无的涟漪就很满足了。说起来，不这样也不行。鱼缸里的那点水，能翻起多大的浪啊。

马爱长专攻中国画，用朴拙的笔墨画庄稼院。农舍、农具、庄稼、家禽，还有蔬菜，都在他的画面上占据了重要位置。鸡、鸭、鹅、狗，萝卜、白菜，一个个都很高大茁壮，相比之下，人物显得很渺小了。这是对的，人以食为天嘛。人再大也大不过天，你说是不是？

马爱长想在绘画上做点文章，以彻底改变眼前的被动局面。说干就干。埋头几个月，画出几百张画。速度很快，每天至少两三张。他在众人面前比划绘画的动作，嘴里还念叨着："刷刷刷，一张，刷刷刷，又一张。"

同行中有不少人劝他别这么快，他听不进去，说："不快不行，我心里着急。"

马爱长是着急拿自己的画去闯市场啊。

马爱长打算到省城沈阳去看看，听说沈阳的画廊多，运气好的话，大概能卖出一些。

临行的前一天，马爱长站在自家的阳台上望着下面的街道。他看见一个人往垃圾箱里扔了一双皮鞋。他很纳闷，挺好的一双皮鞋，就这么扔了？他低头看了看自己脚上的皮鞋，两条咸鲅鱼似的，实在不成样子。他想了想，转身下楼，以最快的速度奔到垃圾箱旁边，捡起那双皮鞋，提到眼皮底下仔细看，真的挺好嘛。穿上试试，哟，合脚。好吧，就这样，他把自己的皮鞋扔进了垃圾箱，然后笑嘻嘻慢悠悠地上了楼。

马爱长穿着捡来的皮鞋上路了，老婆也跟着他去了。在家闲着也是闲着，出去开开眼嘛。

是春天的时候，空气新鲜，草木新鲜，沈阳街头的少女也很新鲜。马爱长的老婆对少女不感兴趣，她感兴趣的是摆在街道边上的金黄色的杏。多么好的杏，多么让人喜欢的杏，看着就眼馋，要是能放到嘴里咬一咬，是不是会更好？是不是会更让人喜欢？

马爱长的老婆走不动了，她弯腰拿起一个金黄色的杏，咬一口，啧啧，真的很好，真的让人喜欢。她又拿起一个，咬一口，咬两口，啧啧啧，还是很好，还是让人喜欢。她还想拿一个，卖杏的妇女不干了，粗声大气地说："你这人怎么回事？怎么白吃我的杏？"

马爱长的老婆一时没反应过来，愣在那儿了。

闹到这个份上，马爱长的老婆是要承担一些责任的。从容一点，做个想买的姿态，问问价钱，再尝也不迟。啥也不说，张嘴就咬，人家当然不愿意了。

卖杏的妇女嗓门更粗了，嘴里操操的，吸引了不少围观的目光。

马爱长的老婆脸红得发紫，嘴里还藏着一口杏，把一边的脸腮撑得鼓鼓囊囊。她不知道是咽下去好，还是吐出来好，只能含含糊糊地说："尝尝，尝尝，尝完再买。"

卖杏的妇女说："你买个屁？农村人，一点规矩都不懂！"

马爱长身上的血液都沸腾了，他最恨别人说他是农村人，说他老婆也不行！

马爱长指着地上那一筐金黄色的杏，对卖杏的妇女说："你这杏，怎么卖？"

卖杏的妇女不知道马爱长是什么人，赶紧换上笑脸，报出了价钱。

马爱长点点头说："好，这些，我全买了。"

卖杏的妇女脸上笑出了一朵花，怎么看都像是杏花。

马爱长又说："对了，还有筐，筐我也买了。"

交接完毕，马爱长把老婆拉到身边，对卖杏的妇女说："她是我老婆。记住，你要是再敢说农村人不懂规矩，我就撕了你的嘴。"

卖杏的妇女像是受到了惊吓，脸上的那朵杏花还没有来得及授粉就迅速凋落了。

马爱长和他老婆轮流挎着那筐金黄色的杏，走了一家又一家画廊，人家还以为他们是卖杏的呢，没等开口就要撵他们出去。

一路上，马爱长的老婆不停地嘟嘟囔囔："男人，你真是一个男人，这么多年我一点都不知道，我找的是一个男人。"

马爱长到沈阳卖画，画没卖出去，却买了一筐金黄色的杏回来，这事儿经马爱长自己的嘴，在小城的美术界传为笑谈。

意外的收获是，马爱长的老婆对他的态度从此有了根本性的转变，已经是当上奶奶的人了，晚上躺在丈夫怀里，还温柔得像个少妇似的。

老黄的手腕

老黄退休了，从小县城最高的领导岗位上掉了下来，内心世界是非常复杂的。没办法，政策摆在那儿，想不退也不行。上升到理论高度来说，“这不是以人的意志为转移的”，你说是不是?

刚退下来的时候，日子过得还行。毕竟，老黄在县里管了十几年的干部工作，实力很雄厚，在职的这个局那个办的头目大多是经他的手提拔上来的。算他们有良心，没忘了老领导，经常请他出来喝个酒吃个饭啥的，逢年过节还能到家里看看，挺热闹的。

两年以后，老黄明显感觉到，请他喝酒吃饭的人越来越少，来看望他的人也越来越少，日子渐渐变得难熬起来。最可气的，走到大街上，跟他打招呼的人也越来越少。

想想过去，看看现在，老黄生气了。

老黄一生气就想骂人。这是在位的时候养成的好习惯，没想到现在骂起来似乎比当年还要威猛。

老黄把电视机当成了他的老部下，指着它骂：“他妈的，我要是死了，你是不是连追悼会都不来参加?”

就这一句，老黄把自己骂醒了。赶紧给现任的组织部长打电话，要他提供全县科级以上干部的通讯录。再三叮嘱，一定要当个事儿办。组织部长还真放在心上了，两天后，就打发人把通讯录送到家里。

来人走后，老黄对着电视机骂组织部长：“他妈的，你为什么不亲自送来？看我没用了是不是?”

接下来的几天，老黄认真细致地研究了那本通讯录，还在上面勾勾画画作了一些标记。之后呢，老黄开始沿着标记指示的方向给他的老部下们打电话了。

老黄打电话的时候从来不报自己的姓名，只是向对方通报一个消息，直截了当，干净利落：“黄鸣祥死了，明天开追悼会，你能不能参加？”

这是老黄设下的一个圈套，很多人都让他套住了。

有人说：“哎呀，真是不巧，明天我要到市里开会，怕是不能参加了。”

老黄火了，咬牙切齿地说：“你个王八蛋，我就是黄鸣祥，你连我的追悼会都不想参加？忘恩负义的东西！你不想想……”

有人说：“黄鸣祥死了？这么快就死了？好吧，我一定参加他的追悼会。”

老黄火了，咬牙切齿地说：“你个王八蛋，我就是黄鸣祥，你连我的声音都听不出来？你盼着我早死是不是？忘恩负义的东西！你不想想……”

也有说话啰嗦的，详细询问黄鸣祥的死因和死亡时间，老黄耐着性子一一作答，之后便是一番暴风骤雨般的臭骂。

接到老黄电话的人，没挨骂的极少。大多数人都辨别不出老黄的声音了。再说，他们根本不会想到老黄会做出这样的事来。

老黄打过上百个电话之后，家里的香火顿时旺了起来。那些挨了臭骂的王八蛋们排着队登门谢罪，然后再排着队请他喝酒吃饭。

那些登门谢罪的人谁也不敢空着手来。事实跟老黄的预料一模一样，这是让他稍稍感到宽心的地方。

老黄走向了他人生中的又一次辉煌，苍白的脸色渐渐红润起来，见到他的人都说他年轻了。

老黄的老部下们私下里议论老黄的死亡事件，都佩服老黄的手腕。他们说，老黄在位的时候，手腕就相当厉害，没想到退休以后，手腕比以前更厉害。

于是，有人遇到了难心的问题，就颠颠地跑到老黄面前讨主意去了。老黄也乐得给他们当当导师，脸色红润地靠在沙发上，手指头点着空气里浮动的某一粒灰尘，有板有眼，娓娓道来。

从此，老黄的日子变得有滋有味了。

随便说一句，即便是在退休以后，也没有人敢在老黄面前叫他一声老黄，都要沿袭以前的称呼，也就是那种具有中国特色的称呼。在背后叫他老黄，不知道便罢，知道了是要骂人的。所以，大家读了这篇小小说以后，千万不要告诉老黄，我求求你们，行么？至于老黄本人，是从来不读小小说的，这一点，我有绝对的把握。

细雨绵绵

一场绵绵的细雨乘着夜色降落在县城的大街小巷，直到天亮，也没有丝毫停下来的意思。这场雨一时半会儿怕是停不下来了。

空气里的湿度很大，黏糊糊地粘在身上很不舒服。已经是上午九点多钟了，雨还是没有停。办公室里很安静。走廊里也很安静。信访办主任老宋读完了几宗案卷，点上一支香烟，自言自语地嘟哝了一声，这样的天气，大概不会有人来了。

老宋站起身来走到窗前，打开了窗户。他想放些凉风进来，来扫荡一下屋子里沉闷的空气。果然有一股凉风冲了进来，吹到他的脸上身上，还有零星细碎的雨滴也挤了进来，打在他的脸上身上。

老宋望着窗外被雨水洗得干干净净的街道，长长吁了一口气。

就在这个时候，老宋听到了敲门声。很轻，嗒、嗒、嗒，敲了三声。门一直是开着的。敲门，只是一种礼节性的客套而已。

老宋回过头来，看到了几件黑色的雨衣站在门口。老宋说，进来吧，进来。

雨衣们走了进来，一件接着一件，黑压压的，不是几件，而是十几件。屋子里显得拥挤了。每件雨衣的衣襟上都欢快地流淌着一条小溪。很快，办公室的水磨石地面就变成了沼泽。

老宋本想说一声“请坐”，他张了张嘴，却没有发出声音。很显然，这么多人，办公室的沙发是容纳不下的。

老宋也只好站着。

雨衣们陆续把雨帽揭了下来。老宋这才看清他们的脸。是七八个男人和五六个女人，脸上都爬满了皱纹。

老宋知道，这是一次“集体访”。

老宋的脸上露出了职业性的笑容，说:“你们是哪个单位的？找我反映什么问题?”

面对上访人，老宋总是这样开门见山。以这种方式开始，可以让谈话变得简洁。

一个人说:“我们是环卫处的……”

另一个人接口说:“临时工。”

又一个人说:“我们就是想问一问，拖欠我们的工资，什么时候能发下来?”

老宋点点头。他知道，县里正在争创“国家卫生城”，雇佣了不少临时工扫大街。只是没有想到，他们的工资竟然被拖欠。

老宋说:“你们的工资被拖欠多久了?”

一个人说:“半年多。”

老宋说:“你们每个月的工资是多少?”

另一个人说:“三百元。”

噢。老宋点点头，心里却有些不平了。区区三百元工资，还要拖欠半年多，是不是有点过分?

老宋说:“被拖欠工资的，总共有多少人?”

一个人说:“所有的临时工都被拖欠。”

另一个人接口说:“总共有上百人。”

又一个人说:“我们是代表。”

老宋说:“为什么要拖欠你们的工资呢?”

一个人说:“环卫处的领导说他们的资金非常紧张。”

“噢，是这样。”老宋沉着脸说，“我再核实一下具体情况。你们放心，这件事情我一定帮助你们协调解决，争取在最短的时间内给你们一个满意的答复。”

十几件雨衣们的脸上都露出了笑容。

一个人说:“谢谢领导。”

另一个接口说:“让领导费心了。”

又一个人说:“那我们就回去了。”

话音刚落，雨衣们一件接一件转身朝门外走去。

老宋尾随了两步，边走边说:“怎么选了这样的天气来……”

听老宋这样说，所有的雨衣都停下了脚步。他们转过头来看着老宋。

一个人说:“我们只能在这样的天气来。”

另一个接口说:“下雨天我们不用扫大街了。”

又一个人说:“我们不能脱岗，县里边正在搞‘国家卫生城’呢。”

老宋的心头一颤，他默默地把十几件雨衣送到了门外。老宋站在夏天的绵绵细雨中，目送他们缓缓地离开。

回到办公室，老宋立即拨通了主管副县长的电话。老宋在电话里把刚才十几件雨衣的上访情况跟副县长作了汇报。老宋原汁原味地向副县长转述了他跟上访人的最后一段对话。接下来是一片沉默。沉默之后，老宋听到了副县长响亮的声音:“请你转告上访人，拖欠的工资明天就发下去，明天!”

老宋放下电话，像离弦之箭射向了门外。他知道，那十几件雨衣不会走得很远。

从此以后，每逢细雨绵绵的天气，老宋的心灵深处都有些隐隐作痛。他说不清这到底是为什么。

迎着阳光走

这是一个夏天的中午，阳光白亮而灼热。我跟几个朋友从一家酒店里出来，酒足饭饱，表情却非常麻木。我看见一个人在阳光中走着，面带微笑。是他的微笑吸引了我的眼睛。他大概有30多岁，跟我弟弟的年龄差不多。他的微笑跟我们的麻木形成了鲜明的对比。在白亮而灼热的阳光中，这种对比非常强烈。

是什么东西诱发了他内心的欢乐，让他一直微笑着从我眼前从容而过？

他是一个与众不同的人。他的衣服很脏，他的脸和手比他的衣服更脏。他是一个疯子。用本地的说法，就是傻子。

我想起了自己的弟弟。想起今天早晨他跟我说的最后一句话。

我的弟弟也是一个傻子。不犯病的时候，跟正常人没啥两样，犯病以后，就成了一个快乐的人。他不快乐的时候，我很快乐；他快乐的时候，我很忧愁。

我手里提着两个饭盒，加快了脚步。我的傻弟弟，他还没有吃午饭呢。

在我的傻弟弟犯病期间，无论是我请朋友吃饭，还是朋友请我吃饭，我都把地点定在离家很近的一家酒店，为的是能在最短的时间内把饭菜送到他的嘴边。

我的傻弟弟最近很快乐。也就是说，最近一段时间，我很忧愁。送他到精神病院，住了两天，就不肯再住了，一再对我说："哥，我想回家。哥，你让我回家吧。"

没办法，那就回家吧。带他回家的路上，我不停地叹气。

傻弟弟说："哥，你又叹气了。"

停了一会儿又说："哥，你不要叹气，叹气不好。"

我叹着气说："弟，你知道哥为啥叹气？"

"知道，是我拖累了你。"

这两天，傻弟弟的精神状态好多了。今天上午，在我离家以前，他主动跟我进行了一番谈话。

傻弟弟说:“哥，看见你整天叹气，我心里很难受。”

我看了他一眼，没说话。

傻弟弟说:“哥，我想去死，我不能再拖累你了。”

我以为他又说傻话了，咧了咧嘴，似笑非笑。

“哥，我真的想过，想过很多次。”

“是吗?”我问了一句，想引诱他把话都说出来。

“是的。”他说，“哥，昨天我到海边去了，想试试自己敢不敢投海……”

“你试了么?”

“没有。走在路上，我看见一个小孩，十几岁的样子，坐在路边拉二胡。他是个瞎子，一条腿还有点瘸。他的脸迎着阳光，脸上挂着笑。看见他我就不想死了。”

“为啥呢?”

“那个小孩又瞎又瘸，都能好好活，我怎么就不能好好活呢?”

我点点头，说:“弟，你要好好活。”

“可是，”他犹豫了一会儿，说，“哥，你不能再叹气了，你一叹气，我心里就难受。”

“好吧，”我再一次点头，“哥答应你，以后不再叹气了。”

傻弟弟笑了，他笑起来的样子一点儿都不傻。

我收拾好东西准备出门。

傻弟弟站在我的身后，说了最后一句话:“哥，到大街上，迎着阳光走，让阳光把你的笑容晒出来。我试过，真的能晒出来。”

我在大街上迎着阳光走，心里想着弟弟满脸的诚恳，想着那个又瞎又瘸的小孩，走出没多远，果然情不自禁地笑了起来。

是阳光，是阳光把我的笑容晒出来了。

我面带微笑走进家门，把饭盒放到餐桌上。傻弟弟没看饭盒，他盯着我的脸，看了又看。

傻弟弟说:“哥，你笑了，你笑起来真好看。”

说完，他也笑了起来。

我心里淌过一阵暖流。我的傻弟弟，我会永远记住你的话，“迎着阳光走，让阳光把你的笑容晒出来”。

亲爱的傻弟弟，只要生活里有阳光，哥就不会再叹气了，你放心吧。

出租车

有差不多半年的时间，李月英几乎是三天两头往县城里跑。干吗呢？上访。半年下来，李月英跟县信访办的刘主任熟悉到可以随便开玩笑的程度。遗憾的是，李月英反映的问题迟迟没有得到解决。也不是信访办不想解决。刘主任跟乡里和村里协商过多次，乡里和村里都面有难色，说这样的问题也给解决，以后的工作还怎么开展呢？刘主任回头又做李月英的思想工作，舌头磨薄了，嘴唇磨厚了，可李月英就是不肯松口，牙关紧咬，一点缝隙都没有。没办法，只能一天天地拖下来。

说起李月英这个人，还是很不错的。上山能扛起锄头，下河能撒开渔网，洗衣做饭奶孩子喂猪，样样都拿得起放得下，是个能人，没什么可挑剔的。可就有一样，爱钻个牛角尖啥的。不光是牛角尖，连羊角尖她也钻。不肯吃亏，针鼻儿大的亏也不肯吃，给人一种爱斤斤计较的印象。还不听劝，谁劝都不行，谁劝就把唾沫星子喷到谁的脸上。提起这个事，李月英的丈夫冯老蔫就忍不住要摇头。没办法，实在是没办法啊。二十多年的夫妻，冯老蔫在这方面实在是怵了李月英。冯老蔫说："狗走千里吃屎，狼走千里吃肉，李月英爱吃啥吃啥，我是管不了她了。"

平心而论，李月英上访的事也不完全是无理取闹。但李月英一次又一次到县信访办喷唾沫，村里人难免会有些议论。很多人都摇头了，鸡零狗碎的事，至于这样嘛，简直就是小题大做嘛。就这么，不是无理取闹也像是无理取闹了。

事情的起因是李月英家盖了四间新房。新房就盖在自己家的承包地里。申请盖房的时候，村里不同意盖在承包地里，乡里也不同意。可经不住李月英三天两头的纠缠，乡村两级领导的脑门子都要炸开了，很勉强地点了头，算是让了步。可你李月英不能得寸进尺是不是？房子盖好了，你又来计较房影的事，你这是聪明过头了你！你这是吃饱了撑的你！

“房影”又是怎么一回事呢？是这样，乡下约定俗成的规矩，谁家的承包地前面有房屋，房影的那一块面积就不算在承包的份额之内。谁都知道，房影里的庄稼缺少光照，产量是要低一些的。这个做法似乎没有什么政策上的依据，人情味的成分显得更大一些。李月英上访，就是为了房影中那一小块土地面积。按李月英的说法，盖房子占了承包地，那是她心甘情愿，可房影总得给她“让”出来吧？直白地说，李月英是要求村里再给她补一小块承包地，或者是赔偿房影里的产量损失。村里没有闲置的土地划给李月英，李月英就要损失费。李月英家的承包地里种的是蔬菜。春天的韭菜、黄瓜、豆角、茄子多少钱一斤，秋天的萝卜、白菜多少钱一斤，都装在李月英的脑子里。李月英经过一番巧妙的加减乘除之后，得出的结论是，房影给她带来的损失是每年八十六块三角二分。由于承包地还有十九年才到期，所以，李月英的总损失达到了一千六百四十元零八分。李月英捋了捋自己的头发，对村委会主任、对乡长、对信访办李主任说：“那八分钱的零头就算了。”

李月英经常上访，耽误了菜地里的活儿，冯老蔫实在是看不下去了，忍了半年，终于忍不住，壮着胆子冲李月英骂了声娘个×的。出乎意料的是，这一声骂还挺好使，李月英从此老老实实把力气用到菜地里了。冯老蔫乐得屁颠屁颠，连声说：“哎，这就对了嘛，好好种菜，多卖点钱，比啥都强。”

应季蔬菜下来了，照冯老蔫的意思，把菜批发给上门的菜贩子就行了。李月英不同意。李月英说：“批发价跟零售价，差不少呢。”李月英坚持到县城里去卖菜，冯老蔫拗不过她，只好让她去了。每天一大早，李月英都带着几袋子蔬菜坐公共汽车到县城去，有时晌午就回来了，有时黄昏才能回来。没过多久，冯老蔫就发现了一个问题。李月英要是晌午回来，一准是坐公共汽车，要是黄昏回来呢，一准是坐出租车。坐公共汽车的时候，李月英是步行回到家里的，汽车站到家门口还有不短的一段距离呢。坐出租车呢，那就要到家门口才下车。出租车那东西不像针头线脑，藏是藏不住的,冯老蔫看见了。虽然太阳快落山了，可李月英每次从出租车上下来，脸上都带着正午的阳光。

冯老蔫生气了，很生气，说是愤慨都不过分。一个庄稼人，偶尔坐一两次出租车倒也罢了，三天两头坐，都坐上瘾了，这日子还能过下去么？嗯？

半个月以后，冯老年又壮着胆子冲李月英骂了声娘个×的。没想到，李月英倒笑了，很开心地笑。冯老蔫让李月英给笑糊涂了，愣了一会儿，说：“你笑什么？”

李月英总算把脸上的笑收起来了，说：“我要是上午能把菜卖完，就……”

冯老蔫说：“就坐公共汽车回来，这个我知道。”

李月英点点头说：“早点回来，还能干点活儿。”

冯老蔫说：“说出租车，出租车是怎么回事？”

李月英说：“你急个啥？坐出租车不是我花钱。”

冯老蔫的眼睛瞪起来了：“不是你花钱，谁花钱？”

“是信访办刘主任。”李月英说，“要是下午才把菜卖完，我就到信访办去上访，到了下班时间也赖着不走。刘主任拿我没办法，只好叫出租车送我回家。”

李月英喜滋滋地说：“我一定要把房影的损失都捞回来不可……”

话音未落，冯老蔫已经跳了起来，一抬手，啪！一个响亮的耳光打在李月英的脸上。冯老蔫对捂着半边脸的李月英说：“啊呸！”

纠纷

吃过早饭，刘满仓蹲在院子里磨起了镰刀。老话说，磨刀不误砍柴工嘛。刘满仓不想砍柴，他要去割玉米。割玉米其实跟砍柴也差不多，都要有一把快刀才行。

刘满仓正在用力磨刀的时候，忽然听见村子东头传来了一阵吵吵闹闹的声音。刘满仓竖起耳朵听了一会儿，觉得没啥意思，继续埋头磨刀。这种吵吵闹闹的声音他已经很熟悉了，在村子里住了这么多年，哪年不听上个三回五回？肯定是谁家跟谁家为了一点鸡零狗碎的事情争执起来了，没意思。刘满仓的想法是，管他谁跟谁，只要不欺负到自己的头上，一概不掺和。要是谁敢欺负到自己的头上，哼，那就要换个说法了。

刘满仓的老母亲倒是对这吵吵闹闹的声音很感兴趣，她放下手中的猪食舀子，喜滋滋地说："一大早喜鹊叫个不停，敢情是有热闹看了。"老太太说完，抬脚就往门外走。

刘满仓心说，这老太太，老了老了，倒像个小孩子似的，就喜欢凑热闹。老小孩老小孩嘛，你有什么办法，让她去吧。不过还是有点不放心，瞅着老太太的背影说了一声："妈，站得远一点看，别插嘴啊。"

磨好了镰刀，刘满仓奔村子西边的承包地里去了。玉米秸子已经变黄，该收了，确实是该收了。那就收吧，收。刘满仓抡起膀子，舞着镰刀，嚓嚓嚓，玉米倒下一片。嚓嚓嚓，嚓嚓嚓，玉米又倒下一片。好，好啊，到底是快刀，干起活来就是痛快，痛快。

刘满仓痛快了没多久，有人气喘吁吁跑来说："不好啦，你们家老太太，她……她她她……她昏倒了！"

刘满仓的脑子乱了，脚底生风，一口气跑到了老太太身边。

老太太倒在一个土堆上，闭着眼睛一声不吭。身边围了很多人。

刘满仓大声说："大家帮帮忙，送医院！送医院！"

有人赶紧出来制止了，说一旦是心脏病，随便动了会有生命危险的。那怎么办呢？大家七嘴八舌出主意，说打120吧，打120，让急救中心来，这样保险。

刘满仓到村口的小卖部里打了120。走出小卖部的时候，他已经冷静下来了，心说，老太太早晨出门的时候还好好的，怎么说昏倒就昏倒了？很奇怪嘛，是不是有人暗中对老太太下了绊子？这件事，必须弄清楚才行啊。

刘满仓走回人群，说："老太太昏倒，谁最先看见的？"

"是我。"说话的人是邻居罗二婶。

刘满仓说："罗二婶，老太太是怎么昏倒的？"

罗二婶说："我们挨着膀子站在这个土堆上，看张拥军和李爱民打架。张拥军舞着镰刀要砍李爱民，老太太吓得尖叫一声，就倒下去了……"

"是这样吗？"刘满仓向人群扫视了一眼。

"是这样的。""就是这样。"人群里传来几个女人的声音。

噢，刘满仓点点头，陡然大喊了一声："张拥军，李爱民，你们俩过来！"

张拥军过来了，手里还握着镰刀。李爱民也过来了，手里空着，嘴角叼了一支香烟。两个人的脸上都怒容未消，眼睛里饱含着警惕。

刘满仓一字一顿地说："张拥军，李爱民，我家老太太要是有个三长两短，你们俩要负责的。"

"为啥？"张拥军的眼睛瞪起来了。

"为啥？"李爱民的眼睛也瞪起来了。

刘满仓说："别瞪眼睛，你们俩别瞪眼睛好不好？咱们都是讲道理的人，用不着瞪眼睛。因为咱们都是讲道理的人，所以要先把道理讲清楚……"

刘满仓说："你们俩要是不打架，老太太就不会来看热闹，也就不会昏倒，是不是？道理就是这样的，因为你们俩打架，所以老太太才昏倒的。你们俩不负责，谁负责？"

"屁话！"张拥军的眼睛再一次瞪起来了，"是我们请老太太来看打架的？"

"屁话！"李爱民的眼睛也再一次瞪起来了，"你知道我们为啥打架？我们打架，是因为村里调整口粮田的时候，有一垄地没搞清楚。春天的时候，我种了这垄地，张拥军又种了一遍，今天我要来收这垄地，张拥军也要来收……要是这垄地搞清楚了，我们怎么会打架？"

刘满仓盯了张拥军一眼，说："是这样吗？"

张拥军点了点头，没说话。

刘满仓对李爱民说：“给我一支烟，让我想想。”

李爱民给了刘满仓一支烟，还给他点上了火。刘满仓皱着眉头抽烟。烟烧得很快，刘满仓几口下去，就只剩一个烟头了。刘满仓扔了烟头，重重地拍了一下李爱民的肩膀，说：“你说得很对。我捉摸着，这件事应该由村委会负责。”

说来也巧，村委会主任老袁不早不晚，正赶在这个当口儿背着手晃晃悠悠地走了过来。

刘满仓迎了几步，对老袁说：“我们家老太太昏倒了，要是有个三长两短，村委会要负完全的责任。”

老袁满脸的迷惑：“为啥呢？”

刘满仓长长地吁了一口气，说：“因为村里调整口粮田的时候，有一垄地没搞清楚，所以张拥军和李爱民才打起来了。因为张拥军和李爱民打起来了，所以我们家老太太才来看热闹。因为来看热闹受了刺激，所以才昏倒了。总而言之一句话，因为村委会有一垄地没搞清楚，老太太才昏倒了。所以，村委会应该对老太太负责。道理就是这么一个道理。”

刘满仓说完，满脸的得意，好像真理已经掖在了他的裤腰带上。

老袁让这一个个的“因为”和“所以”给绕糊涂了，拧着眉头，还是满脸的迷惑。

从老袁那里讨不到说法，刘满仓走进了乡政府信访办，紧接着是县政府信访办。他在心里打定了主意，县里不行就到市里，市里不行就到省里。他相信，总有一天，他会遇到一个明白事理的人来为他摆平这件事情。一定会的。

酒肴

李月山这个人，最大的缺点就是懒。其实，谁不想偷点懒呢？可以说，懒是人的属性，具有相当的普遍性。但要有度，不能过分，一过分就成了缺点了。李月山的懒，就属于过分的一类，看着硌眼，太不像话了，所以活到四十多岁，也没有哪个女人愿意跟他搭伙过日子，一个人孤零零干挺着，枝头上连一片叶子都没有，更别说开花结果了。

李月山到底懒到什么程度呢？这个问题的提出显得有点可笑，谁不知道他呢，都臭名昭著了。就拿上厕所来说吧。多简单的事，愣是让李月山给玩出了花样，看他能的。乡下人家的厕所都在院子里，条件所限嘛。李月山懒得为一泡尿跑到院子里去，特别是冬天，西北风嗖嗖的，上厕所等于是受罪。怎么办？好办。李月山用一根塑料管就把这个问题给解决了。塑料管的一端放在炕头上，另一端顺着窗框的缝隙伸到窗外，什么时候想尿了，就从炕头上站起来，把自己伸进塑料管，哗哗地尿上一通。特别方便，还特别省力气。太好了。这是村子里最有轰动效应的一项伟大发明，很多人都来参观过。李月山当着几个爷们的面表演过一次，还耐心地解释："塑料管要粗一点，太细，就伸不进去了。"

跟懒形影相随的，是穷，是馋。懒人几乎没有不馋的。李月山就是一个例子。其实，谁不馋呢？谁不想吃点好的喝点好的呢？谁都想。但有钱人的想不能叫馋，有钱人想吃就吃想喝就喝，人家吃得起喝得起。穷人就不行了。吃不起喝不起还想，不是馋是什么？李月山馋，难免会为一口吃的喝的露出贱相，这就让人瞧不起了。平常日子，李月山吃的是萝卜白菜，喝的是劣质白酒。也是没办法。有趣的是，李月山很善于用自己的馋来对付自己的懒，也就是以己之矛攻己之盾，效果还挺明显。很多人都看见过，李月山在地里干活，两边的地头各放一瓶白酒，干到地头，赶紧端起酒瓶喝一口，干到另一头，再端起酒瓶喝一口。由于馋，干活的速度就快。别人干一天的活，李月山一个上午就干完了。活干完了，人也醉得一塌糊涂。村里人都知道，没有酒，李月山是干不成农活的。

光有酒也不行，还得有酒肴才好啊。李月山想酒肴想得头疼。萝卜白菜是酒肴么？绝对不是。“肴”是鱼和肉，是荤的不是素的，连《新华词典》上都这样说。可李月山的酒肴在哪里呢？他以为是在姐姐李月英家，连续去了几次，发现连个肴渣都没有，真让人伤心。不过，李月山倒是听到了一些新鲜事，都是关于上访的。李月英当时为了一点鸡毛蒜皮的事三天两头往县里的信访办跑，积攒了不少上访的经验和教训。李月山大开眼界，很快也开始上访了。

村里人不知道李月山为什么要上访，他自己也不说。可没过多久，他就开始说了。说的却不是上访，而是酒肴。

那是一个暖洋洋的下午，李月山满面红光回到村子里，对蹲在墙根的一群闲人说：“今天，今天的酒肴，很好。”

看李月山的架势，大伙儿都明白，他喝过了，而且喝得不少。

有人接了李月山的话茬：“有啥？”

李月山说：“红烧肉，黄花鱼。”

“呵！”有人开始喝彩了。

李月山得意极了，摇头晃脑的，还把两只手掐到腰眼上，模仿起村干部的动作。

很快又有人问：“在哪儿吃的？”

李月山大声说：“县政府食堂！”

有人插嘴了：“花了多少钱？”

李月山的眼睛瞪起来了：“花钱？笑话！”

有人摇头了：“人家政府食堂能白给你吃？”

李月山点点头说：“问得好。他们是不想白给我吃，可我有办法让他们白给我吃。”

有人把眼睛瞪起来了：“你有啥办法？”

“我呀，”李月山嘿嘿地笑了，“我在政府食堂里唱《国际歌》。”说着李月山真的唱起来了，“起来，饥寒交迫的奴隶，起来，全世界受苦的人，满腔的热血已经沸腾……”

人群哈哈大笑。李月山不唱了，他接着说：“就这样，红烧肉和黄花鱼就跑到我的嘴边上了。”

人群还在笑。李月山说:“那么好的酒肴，我一口气喝了八两!”

有人觉得奇怪了:“政府食堂还供你酒喝?”

李月山摇摇头说:“酒是我自己带的，政府食堂里没酒。”

人群再一次哈哈大笑起来。

有人想起了什么，问李月山:“你上访的问题解决了么?”

李月山嘿嘿地笑着说:“我的问题，他们根本就解决不了。”

从此，村里人经常看见李月山提着酒瓶往公路的方向走。都知道，李月山又到县城里找酒肴去了。有人给李月山算了一笔账，从村子到县城，坐公共汽车才一块钱，来回两块钱，两块钱能吃上红烧肉和黄花鱼，值得!这个结论看起来没错，实际上是错了。李月山其实一分钱也没有花过，他是有便车就搭便车，没便车就步行。村子离县城不远，步行绝对不超过一个小时。

李月山醉醺醺地对他的姐姐李月英说:“上访真好。”

路

乡里最近修了一条柏油路。好事情，要想富先修路嘛。到此为止，乡里的每个村子都通上了公路，“村村通”工程就算是圆满地画上了一个句号。谁都知道，这是一根硬骨头。可再硬的骨头，你也得一口口地啃下去。不啃不行啊，这是今年乡镇工作的重头戏，县里抓得很紧，到期完不成任务是要有“说法”的。

啃完了这根硬骨头以后，作为一乡之长的李茂林大大地松了口气，脸上绽开了大丽花一样的笑容。

不光是李茂林，全乡上下满眼都是盛开的大丽花。

谁能想到，大丽花丛中会冒出一头大叫驴呢？

照副乡长老郭的说法，猫爪村的老王头就是一头地地道道的大叫驴。连续三天，老王头每天上午都到乡政府大门前骂那条公路，用语相当野蛮，像山坡上丛生的酸枣树一样，每一根枝条都长满尖刺，跟乡政府周边的环境很不相称，跟老王头的年龄也很不相称。

副乡长老郭是个急脾气，挺身而出跟老王头理论了一番。唾沫飞溅，溅出来的每一粒唾沫都是放之四海而皆准的普遍真理。老王头抹了抹满脸的唾沫，或者说，是抹了抹满脸的普遍真理，还是骂个不停。就这么，在老郭眼里，老王头立马变成了一头大叫驴。

这几天李茂林一直在县城里忙着。基层干部就是这样，总有忙不完的事操不完的心。麻雀虽小，五脏俱全嘛，肝上的事肺上的事肠子上的事，哪一件不牵扯领导的精力？

李茂林回到乡里的那天上午，老王头却没有在乡政府的大门前出现。这让老郭感到非常奇怪。

中午在食堂吃饭的时候，老郭无意中跟李茂林说起了老王头。李茂林心中陡然飘过了一朵阴云。修路涉及到占地和拆迁的一些事情，在开工之前就已经进行了妥善的处理，干净利落，没留下尾巴呀。老王头跑到乡政府大门前骂娘，怕是另有隐情吧？

老郭说："有啥隐情？我看纯粹是无理取闹！"

李茂林轻轻地摇了摇头，对老郭说："骂娘也要有个理由吧？"

老郭告诉李茂林，几天前下了一场雨，老王头家的房子渗水了，屋里边很潮湿。这跟公路有啥关系吗？有。是公路的路基拔高了，比老王头家的房基高出了一截儿，用老王头自己的话说，是"这条路破坏了我家的风水"。这就是他骂娘的"理由"。

"风水？"李茂林放下饭碗说，"下午，我们一起到老王头家看看风水吧。"

老郭心里有点不情愿，一路上嘟嘟囔囔。

老郭说："屋里潮湿，自己动手挖一条排水沟就解决了，干吗要骂娘？"

老郭说："有骂娘的工夫，几十条排水沟都挖好了。"

李茂林没有理睬老郭的嘟嘟囔囔，一支接一支吸烟。

桑塔纳在新修的公路上行驶了不到两支烟的工夫，猫爪村就到了。

老王头的家哪有什么风水可言呢。三间旧式的平房，房顶杂草丛生，隐隐地透出一种衰败的气息，在整个村子里边显得有些扎眼。室内很昏暗，简陋的家具油漆剥落，一面镜子上印着一个红色的"忠"字。显然，这是"文化大革命"时期的产物。眼前的景象，让李茂林想起了自己的童年时代。他的童年，就是在这样的屋子里度过的。那是一个不堪回首的时代啊。

李茂林的心情很沉重。他的脸色也很沉重。

老王头认识李茂林和老郭，但没想到他们能到自己家里来，瞪着眼睛，一声不吭。

李茂林说："大叔，我们来看您来啦。"

老王头还是瞪着眼睛，一声不吭。

李茂林说："大叔，我和老郭是来向您老人家道歉来啦。"

老王头心头一抖，嘴唇也随着哆嗦了一下，想说什么，却又不知道该说什么，一下子愣在那里了。

李茂林把老郭拉到一边，小声说："老郭，你看老王头家的情况，够不够'低保'的条件？"

老郭点点头说："我看没问题。"

李茂林叹了口气："那就这样定了吧。"

“低保”，是“农村最低生活保障”的简称。通俗地说，就是每个月可以从乡里领到几十块钱的困难补助费。老王头没想到这样的好事能落到自己的头上，他心头一酸，眼睛里有了水样的感觉。

临别的时候，老王头终于憋出了一句话：“我……我向领导保证，从此以后，再也不骂娘啦。”

李茂林和老郭都笑了。老王头也笑了。

返回乡政府的路上，老郭对李茂林说：“你咋没问问屋里潮湿的事？”

李茂林说：“老王头骂娘，不是由于屋里潮湿，而是因为心情干燥。”

老郭好像听懂了李茂林的话，又好像没听懂，没接李茂林的话茬儿，勾着脑袋想心事。

过了一会儿，李茂林又说：“我们刚刚修好了一条路，可还有一条路没有修好啊。”

老郭的脑袋一下子挺了起来，大声追问：“你说什么？”

蒙面人

副乡长老郭对乡长李茂林说："他奶奶的，虾圈工地上出事了！"

李茂林早就听说，乡镇的领导干部都爱骂人。以前只是听说，现在知道这是真的。眼前的老郭就是最好的证明，连跟上级汇报工作都带脏字，发号施令的时候会怎样呢？

李茂林从小就不会骂人。胚芽里带来的秉性，不是想改就能改的。此外，他也实在有点看不惯那些爱骂人的干部，有话不能好好说么？

老郭的话让李茂林心里一颤。他知道，拦海造虾圈，是乡里的一项大工程，今年兴建，明年就能见到效益。开工没几天呢，怎么就出事了？

老郭的汇报当中时不时夹杂着一些感叹词，听起来很不流畅。李茂林把老郭的感叹词像在庄稼地里拔草一样全部拔除之后，剩下的禾苗就不多了。是一伙蒙面人，拦住了施工的车队，不允许开山挖土。都是当地农民打扮，男女都有，男的戴帽子戴口罩，女的戴围巾戴口罩，只露出两只眼睛。情况就是这样。

蒙面人？李茂林心里又是一颤，陡然冒出一股无名之火，谁这么大的胆子？

事关重大，看样子是要开会研究一下了。不巧的是，乡里的其他领导都不在。而李茂林又是刚刚从县政府机关下来，乡里的情况还不是太了解，不能贸然行事。可时间不等人，明摆着，只能由李茂林和老郭两个人拿主意想办法了。

照老郭的意思，是让乡派出所的民警去把闹事的人都抓起来。

老郭说："他奶奶的，先看看是谁，然后再一个个收拾他们！"

听老郭这样说，李茂林倒冷静了下来。不能抓人啊。还没有弄清到底是咋回事，怎么能动手抓人呢？

李茂林点燃一支香烟，狠狠地吸。这是他在县政府当秘书时染上的毛病。每逢思路不畅，就忍不住跟香烟较劲，好像他生来就跟香烟有仇似的。

第二支香烟刚刚吸到一半，李茂林的眼睛突然一亮，把剩下的香烟狠狠地拧进了烟灰缸。他决定一个人先去看看，了解一下情况再说。老郭想跟他一起去，他拒绝了。

透过窗户，老郭看着李茂林匆匆走出乡政府大门的背影，嘴角不由自主地咧了一下，似笑非笑。

李茂林是以一个蒙面人的形象出现在山脚下的。他若无其事走进蒙面人的人群，在一块石头上坐了下来。他看见，男男女女几十个蒙面人都把目光照射到他的身上。

寂静。山很静，山上的树木很静，七月的骄阳也很静。

寂静中，只有汗水在欢快地流淌。在一个蒙面人的脸上和身上欢快地流淌，在几十个蒙面人的脸上和身上欢快地流淌。

终于，几十个蒙面人中大多数的目光开始游离起来，最后集中在一个穿白衬衣的蒙面人身上。

白衬衣向前走了几步，站在李茂林面前，说:“你是谁？为啥到这里来?”

李茂林说:“你是谁？你们是谁？为啥到这里来?”

白衬衣说:“我不能告诉你。”

李茂林笑了，像小孩子斗气一般，说:“那我也不告诉你。”

短暂的沉默之后，白衬衣又开口了:“我只能告诉你，我们要保护这座山。”

李茂林说:“你们为啥要保护这座山?”

白衬衣说:“山上有我们的果园，开山挖土，会毁掉我们的果园。”

李茂林想了想，说:“这是正当要求嘛，为啥不到乡政府去反映一下?”

白衬衣说:“我们不敢去。”

李茂林说:“你们为啥不敢去?”

白衬衣沉默了。

沉默也是一种表达。李茂林明白了白衬衣的意思，故意岔开话题，说:“你带我去看看果园?”

白衬衣的声音高了起来，有些不耐烦:“你到底是谁？为啥要看果园?”

李茂林说:“我也是来保护果园的。”

白衬衣没想到李茂林会这样说，愣了一会儿，叹了口气，说:“好吧。

不管你是谁，你想看就看吧。”

李茂林跟随着白衬衣上了山。他看见从山脚到山腰，到处都是郁郁葱葱的苹果树，树上挂满了鸡蛋大小的青苹果，密密麻麻的，丰收在望啊。再过两三个月，就是收获的季节了。现在毁掉它，实在是太可惜了呀。

李茂林很生气，他有了一股强烈的骂人的冲动，只是一时半会儿他还不知道应该去骂谁。他回到人群当中，摘掉了帽子和口罩，大声宣布：“我是新上任的乡长李茂林。我向大家保证，谁敢破坏果园，我他妈的就跟他拼了！”

寂静。山很静，山上的树木很静，七月的骄阳也很静。

寂静中，李茂林看见白衬衣带头摘掉了帽子和口罩。很快，所有的帽子、围巾和口罩也都摘掉了。李茂林看到了几十张水淋淋的面孔，他的眼睛也有了水淋淋的感觉。

妈的，李茂林在心里说，想当好这个乡长，看来不学会骂人还真就不行啊。

意外

春天的雨是绵软而有力的。从黄昏的时候开始下起来，下了整整一夜。天亮的时候，雨停了。经过这一夜的缠绵，赵春娥家的房子一点力气也没有了，沉闷地哼了一声，重重地倒了下来。四间瓦房倒了两间，把赵春娥的丈夫压在里面了。等邻居们把他从废墟里扒出来，他已经闭上了眼睛，看样子，永远也不打算再睁开了。

意外发生的时候，赵春娥正在院子里忙活着喂猪，儿子也离家上学去了。这应该说是不幸中的万幸了。可这万幸带给赵春娥的依然是难以忍受的痛苦和悲伤。丈夫死了，儿子还没有成人，以后的日子，以后的日子怎么过啊？

赵春娥哭了。她的哭声是撕心裂肺的，是抓胃挠肝的，是绝望的，是控诉的。小溪村的上空再一次乌云翻滚，太阳躲在乌云后面，不敢露面了。

赵春娥坐在自家的院子哭了很久很久。好心的邻居劝她，你这样一个劲地哭可不行，要处理一下后事啊。

赵春娥愣了一下。后事？对了，后事。她擦了一把眼泪，一只手用力撑着地面站了起来。

就这样，赵春娥带着她的悲伤、她的绝望、她的控诉和满裤子黏糊糊的泥巴，奔村委会去了。她的哭声在村委会的院子里再一次响起，依旧是撕心裂肺的，依旧是抓胃挠肝的。村委会主任老胡的眼泪下来了。老胡说：“别哭了别哭，咱先把死人的后事处理好，有什么困难村里会帮你解决的。”

赵春娥不哭了。她说：“死人的后事我自己处理，活人的后事村里帮我解决一下吧。”

老胡说：“活人的后事？”

赵春娥说：“对，活人的后事，村里把欠我的钱赶紧还给我吧……”

这个话题敏感了。老胡把手抬到头顶上挠了挠自己的头皮，又挠了挠，不知该怎么办才好。他用眼睛扫了一下围观的群众，发现每一个人的脸上都很凝重，同时每一个人的眼睛都闪闪发光。老胡心里“咯噔”了一声，越发不知道该怎么办才好了。

说起来，这是小溪村的一个老大难问题了，拖了不少年头，一直解决不了。当初，为了发展集体经济，村里决定建一个小型的水果加工厂。没有资金怎么办呢？向群众集资吧，许诺给高利息的。村里有很多人家都集了资。结果不到两年加工厂就倒闭了，群众的集资一直还不上，到如今，利息的数额已经超过本金。以赵春娥为例，当初的一万多本金，加上利息，现在已经滚到将近三万了。

老胡在心里重重叹了口气。赵春娥的要求能答应吗？不能啊。那么多眼睛盯着村委会呢？答应了赵春娥，别人会怎么想？会怎么做？要是都答应，钱呢，钱在哪里？

老胡尴尬了，除了挠头，一言不发。

赵春娥的哭声再一次响起来了。她哭着说："人都已经死了，还不还钱，我们一家可怎么活呀？"

赵春娥一直在哭，一直哭。老胡心头一颤，也哭了，他的哭声是咆哮般的，是声嘶力竭的，是奋不顾身的，有一种排山倒海般的气势。哭声来得太突然，把赵春娥吓了一跳，把整个小溪村也吓了一跳。围观的群众越来越多，很多人心里都酸酸的。唉，不容易啊。赵春娥不容易，老胡也不容易啊。

人群里渐渐有了骚动，有了七嘴八舌，有了叽叽喳喳。有人说，村里把钱先还给赵春娥吧，我们不攀比就是了。是啊是啊。有人开始迎合了。声音不大，但老胡都听见了。他恰到好处地止住了哭声，大声说："下午召开村民代表会议，研究一下赵春娥提出的问题。"

小溪村的心不是铁打的，也从来不缺乏善良和怜悯。村民代表讨论的结果是：还钱，本金和利息一起还。任何人不得攀比，不得借机滋事。就这么定了！

谁都没有想到，在村委会四处奔波筹款的夹当里，赵春娥去了一趟县城，把她的哭声泼到了县政府的大院里了，泼得整个大院都水汪汪的。县政府的一位领导拍了桌子，说，以人为本嘛，人命关天嘛，是不是？吩咐下去，赵春娥的问题必须马上解决，答应她的一切要求！

听说，赵春娥是一路笑着回到村子里来的。在公共汽车上，她甚至还哼哼了一段流行歌曲。

“吩咐”很快“下”到了小溪村，老胡傻眼了。一切要求？除了还款还有什么要求？问问吧，问问。问了，老胡更傻眼了。赵春娥的要求是，村里无偿为赵春娥一家提供四间瓦房，解决孩子的抚养费和学费……不答应这些条件，死人永远不火化。永远！

提出这些条件的时候，赵春娥的丈夫一动不动地躺在冰柜里，一副事不关己的样子。

老胡的脑袋里“嗡”了一声，整个身子都颤抖起来，有了晕倒的迹象。

小溪村的气氛也越来越凝重了。白天的太阳阴惨惨的，像是受到了突如其来的惊吓，而夜晚的墨色也越来越浓，把满天的星星都淹没了。

到这时候，赵春娥已经不哭了。哭什么呢？不哭。她的心情很好。她对躺在冰柜里的丈夫说，死鬼，你死得好，你死得真是好啊。

赵春娥走在街上，却发现所有人的眼神都怪诞起来，像是在看她，又像是根本就没有看见她。走近了，那些人把脖子一扭，或者把头一低，匆匆忙忙地擦肩而过。怎么回事呢？

已经三天了，小溪村的人没有一个跟赵春娥搭话的。赵春娥走进了一个没有声音的世界，这让她感到非常意外。

满月酒

连续几年，劳动节期间，村长老罗都忙得不可开交，似乎比劳动还累。国庆节期间也是这样，忙得连庆祝国庆的时间都没有。

老罗在忙些什么呢?

他是忙着喝喜酒啊。

老罗常常打着酒嗝，踉踉跄跄地走在太阳或者星光之下，脑子里边乱糟糟的。

老罗乱糟糟地觉得，生活，生活这个鬼东西，一定是出问题了。

生活的确是出问题了。

这几年，社会风气越来越朝着钱的方向使劲了。小小的红嘴堡也不甘落后，先是向中小城市看齐，然后又与大城市看齐。不仅看齐，还大有后来居上的意思，与时俱进嘛。

这样一来，老罗就有点撑不住了。

老罗是红嘴堡的一村之长，免不了要跟乡里的干部和其他方方面面的人打交道。甚至还可以说，他跟某些人的关系相当不错，不知道底细的，还以为他们是多年的老朋友呢。因此，很多人家里有个大事小情的，都忘不了给老罗下个通知，没别的意思，就是请他来喝点喜酒，乐和乐和。可这酒能白喝么？绝对不能！总得掏个一百二百的，表达一下心意。眼下已经不是用唾沫星子可以表达心意的时代了，这一点，我相信大家的体会跟老罗是完全一致的。

这种事偶尔发生一两次，谁都不会在意，对老罗来说也不是什么问题。多了就不行了，应付不起啊。可这几年的喜事太多了，儿女结婚、考上了大学，或者，老爷子老太太做寿、小孙子小外孙过生日，等等，都要大摆酒席。这里面不排除有些人是由于支出太多，不得不找借口办一次，好歹能收一些礼金回来，弥补一下自己的损失嘛。

这种恶性循环一轮一轮地蔓延开来，老罗就惨了。村里的经济效益不好，村干部的收入自然就差些，而且，老罗的父母和岳父母早就不在人世了，子女也都不在身边，愣是连个办酒席的借口也找不到。老罗当村长的收入，连应付各种名目的酒席都显得紧张，如果不是儿女有孝心，这日子恐怕真就没有过头了。但既然人家邀请了，你就不好不去，谁能抹下这个脸儿呀。唉，这些闹人的事，不说也罢。

老罗知道，长期只出不进，多大的水库早晚也得干了碗儿。这个浅显的道理，他能不知道么？可知道了又有什么用呢？总不能到别人的腰包里去抢吧。

又是一年的劳动节，连续几场酒席下来，老罗的情绪糟透了，耷拉个脑袋，整天唉声叹气的。

有人对他说，老罗，你为什么唉声叹气？

老罗说，为什么？还不是为了那些闹人的喜酒？

老罗一口气把心里的委屈全倒了出来，类似于大醉之后的呕吐。

那个人说，别说了老罗，你别说了，我明白，我他妈的早就明白了。

顿了一会儿，那个人又说，老罗，你为什么不办一场酒席呢？

老罗说，我不是没想过，可我家里连个鸡毛蒜皮的喜事也没有啊。

那个人说，你使劲想，总会想出来的。

老罗回到家里，坐在炕沿上使劲想。老婆一连喊了他三声他都没听见。老婆火了，冲过来朝着他的后脑勺猛击一掌，把老罗打得一激灵。

老婆说，你掉魂儿啦？咱家的老母猪要生了，你快来帮帮我！

老罗回过神来，乖乖地跟着老婆来到院子里，身子一跃，呼一家伙跳到猪圈里去了。

在老母猪撒娇般的哼哼声中，老罗忙得满头大汗，心中的烦恼也不知不觉烟消云散了。

劳动不但造就了人类，它还拯救了人类。这话说得很有道理。

此时此刻，老罗就是被劳动拯救了，随着一头又一头小猪崽顺利地走出生命之门，他的心情也变得豁然开朗。

老罗没想到，他家的老母猪竟然生了14头小猪崽。老母猪很少有一次生这么多小猪崽的，这让老罗感到有些意外。

老婆咧着大嘴嘎嘎地笑了。她说，这真是一件天大的喜事啊。

老罗愣了一下，问他老婆，你刚才说什么来着？

老婆说，我说这是一件天大的喜事，有什么不对么？

老罗连连点头，也咧开大嘴嘎嘎地笑了。他说，对对对，你说得很对，这真是一件天大的喜事啊。

过了不长时间，老罗终于在家里大摆了一次酒席。他把自己以前赶过礼的人都通知到了。

接到通知的人都感到纳闷儿。满月酒？是谁满月了？是老罗两口子又生了个小孩子？不能啊。老罗是村长，怎么能带头违反计划生育的国策呢？再说，老罗的老婆多大岁数了，就是让她敞开了生，怕是也生不出个子丑寅卯。这到底是怎么回事呢？

到了老罗家里，大家才知道，原来是老罗家的小猪崽满月了，14头，活蹦乱跳的，可爱极了。

大家都忍不住哈哈大笑起来。有人蹲在地上，笑得连腰都直不起来。

乡长也笑了。他说，好！这一顿满月酒，大家要一醉方休！

说完，乡长带头掏出了礼金。

据说，这一场满月酒喝得很好。在推杯把盏的过程中，老罗打发老婆到村头的小卖部去了两次。

啼笑皆非

开除

公司开始裁员了。不是由于经营得不好，而是由于经营得太好，才不得不裁员的。董事长看见像自来水一样哗哗流进腰包里的利润让员工们喝掉了不少，实在是心痛。经过痛苦的辗转反侧之后，凌晨三点，他拨通了总经理的电话，说:“从今天开始，你要有计划、有步骤地给我开除一些员工。”话说得再清楚不过了，是“给我”，是“开除”。

总经理不敢怠慢，早晨一上班，就宣布开除了两个一线工人，而且马上向董事长作了汇报。董事长沉默了一会儿，说:“一线工人都是有用的人，你怎么能……算了，这件事你不要插手了，我亲自来办。”

第二天董事长来到公司，代表董事会宣布了一项决定，轻描淡写地把总经理给开除了。

接下来的每一天都有人被宣布开除，却没有一个是一线工人，大多是技术岗位上的骨干力量。总工程师老赵被开除了，接下来是工程师老张、老王、老李和老刘。

每天都有谁谁被开除的消息传来，不少人神色慌张，吃不好睡不香，说话恶声恶气的，对谁都没有好脸色。他们的体重明显下降了，几个身体素质和心理素质都不太好的人还躺到医院的病床上唉声叹气去了。他们不知道公司到底想干什么，都在担心这样的厄运有一天会降临到自己的头上。工程师高而其就是其中的一个。

很快又传来消息，工程师老郑、老吴和老徐相继被开除了。

高而其心里乱七八糟的，像揣了一个鸟窝似的。好在他是搞工程的，懂得如何运用理性思维。他运用理性思维进行了一番包括大括号、中括号和小括号在内的混合运算之后，冬天就降临了，浑身都是鸡皮疙瘩。他得出的结论是：用不了几天，他也会被开除的。这是明摆着的事，高而其跟老郑、老吴和老徐有共性的一面，他的年龄跟老郑差不多，他的工龄跟老吴差不多，他和老徐都是清华大学毕业的，而他和他们三个的薪水也都差不多。他们都被开除了，偏偏把他留下来，逻辑上说不通，实在是说不通啊。

说起来也怪，从得出结论的那一刻开始，高而其反而坦然了很多。他不再担心什么了，一点都不担心。结论他已经知道了，还有什么好担心的？就像一个潜逃的嫌疑犯，在没有被逮捕以前，每时每刻都提心吊胆，真正到了逮捕的那一刻，他心里反而踏实了。高而其就像被逮捕的嫌疑犯一样，心里踏实了。他不再把精力放在工作上。注定要被开除的人，谁还会想着工作？脑子里有病啊。

高而其从此过上了悠闲的日子，每天到了办公室，除了喝喝茶、看看报，再就是跟自己的女助手林娜聊天。林娜还年轻，三十五六岁的样子，气质很好，说话的声音也很好听。这个年龄的女人对高而其这样年近五十的男人来说是很有吸引力的。比这更重要的是，他们聊得很好，天南地北，长城内外，鸡毛蒜皮，你一言我一语，还伴着笑声，都像是谈情说爱了。高而其心里痛快，鼻子尖都亮了，兴致勃勃，聊起来没完。高而其还纳闷呢，说起来，林娜做他的助手已经有两年多的时间了，以前怎么就没有好好看她一眼，没有好好跟她说说话呢？

工程师老郑的女助手曲明明也加入了聊天的小圈子。老郑被开除以后，曲明明整天无所事事，而且她跟林娜的关系很密切，顺理成章地就加入进来了。高而其感到很吃惊，曲明明这个女孩子，简直就是一个美人呀，以前怎么就没注意到她呢？真是鬼迷心窍了。

有了曲明明的加入，话题自然而然会扯到工程师老郑身上，自然而然会扯到开除这件事情上。

曲明明把工程师老郑狠狠地表扬了一通之后，说：“真是搞不懂，公司怎么把优秀人才都给开除了？”

一句话提醒了高而其，这些日子热衷于聊天，倒把正事给“耽误”了。他认准了公司会把他开除，可怎么一点动静也没有呢？是不是公司把他给忘了？照曲明明的说法，公司“把优秀人才都给开除了”，我高而其没被开除，说明我不是优秀人才？这太气人了！怎么能这样呢？荒唐嘛。什么狗屁公司，这是狗眼看人低嘛。

高而其赌气了。跟曲明明赌，更是跟自己赌。他蹭地一下从沙发上站起来，对林娜和曲明明说：“你们俩聊着，我出去办点事。”

高而其气冲冲找总经理去了，也就是董事长。自从原总经理被开除以后，董事长就自己兼任总经理了。

走廊里的清洁工听见总经理室传出争吵的声音，很激烈，火药味很浓。没多久，高而其走出来，满脸春风从清洁工的身边走了过去。

高而其走到林娜和曲明明眼前，兴奋地说："我被开除了，现在就走。"

高而其哼着小曲简单收拾了一下自己的东西，很快就离开了。可能是他太兴奋了，出门的时候，跟林娜和曲明明连句告别的话都没说。

曲明明黯然神伤地对林娜说："我们俩算是白活了，连个被开除的资格都没有。"

出乎曲明明的预料，几天后，林娜也接到了被开除的通知。没想到，真是没想到，林娜高兴得跳了起来，她马上拨通了曲明明的电话，大声说："告诉你一个好消息，我被公司开除了！"

电话的那一边，传来了曲明明的哭声。

鼓掌

董事长很少到公司里来，没有必要嘛。公司里的事情，有总经理照看着就行了。董事长唯一要做的工作，是哪天觉得总经理不顺眼了，想个办法把他拿掉，然后再换一个顺眼的上去。就这些。可总经理不能天天换，也不能月月换，年年换的可能性也不是很大。这样说来，董事长在绝大多数的时间里都没有工作可干。看起来是这样，但实际的情况不是。绝对不是。董事长光着身子坐在海南岛的沙滩上捡小石子玩，或者跟年轻漂亮的小姐打情骂俏，其实就是工作，是工作的一种表现方式。一个人，要是坐到董事长的位置上，那就无时无刻不在工作了。到南美洲丛林探探险，到非洲草原打打猎，到欧洲的咖啡馆喝喝咖啡，到美国的厕所里撒泡尿，都是工作的一部分。用一个比较时髦的话说，这叫“出国考察”。一个现代化的企业，一个要跟世界接轨的企业，是非常需要“出国考察”的，这是时代的召唤，这是经济发展的需要。这么重的担子谁来承担呢？当然是董事长了。交给别人，还真有点不放心。

董事长很忙。董事长哪能不忙呢？可再忙，也不能把公司抛在脑后。所以，董事长每年至少要来公司一次，随便跟自己的员工说点什么，然后再好好地享受一下掌声。这个要求并不过分。你想啊，对一个公司来说，董事长是什么？是领袖，是导师，是舵手，同时也是天上的太阳。一点点掌声算什么？

这一次，董事长的“报告”非常精彩。说的是“出国考察”的心得体会。也就是到南美洲丛林探险的事，到非洲草原打猎的事，到欧洲的咖啡馆里喝咖啡的事，到美国的厕所里撒尿的事。非常精彩。许多金发碧眼的外国娘们，时常在董事长的唾沫星子里眉来眼去。总而言之，是要惊险有惊险，要情调有情调，要心跳有心跳，简直是太精彩了。总经理算是一个见多识广的人，也从来没有听过。那两个副总经理，更不在话下了，他们几乎不敢相信这是真的。会场里的那些员工呢，一个个都惊呆了，好像在做梦一样。

董事长知道时间的宝贵，时间就是金钱嘛，所以，他的“报告”非常简短，才三个小时多一点就结束了，相当克制。

董事长用一句很特别的话结束了他的“报告”。董事长抿了一口茶，说:“今天就讲到这里吧，不浪费大家时间了。”你听听，“不浪费大家时间了”，多么幽默，多么谦虚，多么平易近人，多么……董事长就是董事长，领袖就是领袖，导师就是导师，舵手就是舵手，太阳就是太阳，不一样就是不一样。

掌声响起来了。热烈的掌声，排山倒海般的掌声。其实掌声只是一种外在的表现形式，它的核心内容是一种敬意，是全体员工对领袖、对导师、对舵手和太阳的最高程度的敬意。

总经理第一个从主席台上站起来，鼓掌。两个副总经理随之也从主席台上站起来，鼓掌。主席台下的所有员工都站了起来，鼓掌。热烈的掌声，排山倒海般的掌声。三分钟，五分钟，依旧是热烈的掌声，排山倒海般的掌声；七分钟，九分钟，还是热烈的掌声，排山倒海般的掌声。

掌声还在响。已经十分钟了，掌声还在响。十五分钟了，掌声还在响。总经理没有停下来，谁敢停下来？会场后排的员工还好些，还可以稍微耍点滑头，拍得次数少些，用力轻些。可前排的员工就不行了。总经理瞪大了眼睛看着他们呢，谁敢惹总经理不高兴呢。总经理要是看谁不顺眼，当天就解雇，从来不过夜的。这种事，已经发生过很多次了。谁又愿意为鼓掌这样的小事砸了自己的饭碗呢。

一些人的手掌拍红了，手臂麻木了，腿也麻木了，呼吸变得急促了。一位上了年纪的员工心脏病发作倒了下去，但谁也没有注意到他。大家还在鼓掌。疯了，都疯了！有个别头脑清醒的人甚至悲观地想到，完蛋了，自己的下半生要在鼓掌中度过了。

突然，站在主席台上的大胖子副总经理，不知道为什么，率先停止了鼓掌，面红耳赤地坐了下去。这是一个奇迹。奇迹终于发生了！紧接着，整个会场的掌声一下子消失了。所有人都坐了下去。好了，所有人都得救了。会场上一下子静了下来。很静很静，能听得见董事长的心跳。

散会以后，大胖子副总经理接到通知，他被解雇了。总经理亲口告诉他，这是董事长的意见。

大胖子副总经理感到很委屈，问总经理：“到底是为什么呢？”

总经理低着头不说话。

大胖子副总经理翻来覆去地问：“到底是为什么呢？”

总经理叹了一口气，拍了拍大胖子副总经理的肩膀，说：“你记住，在这家公司里，永远不要第一个停止鼓掌！”

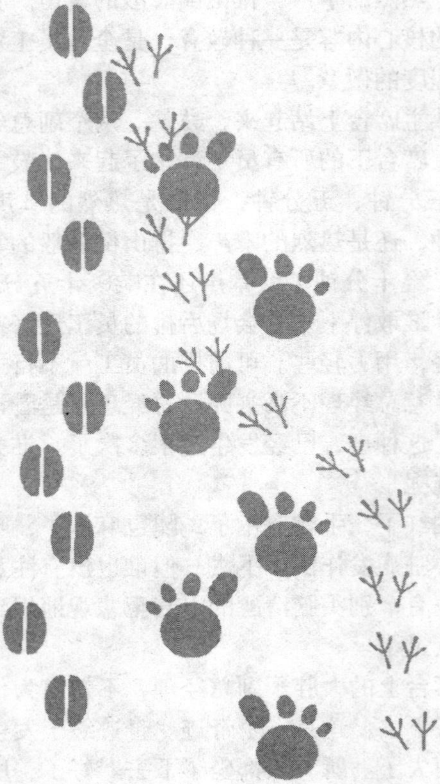

斗志

于得水和董乐山是总经理最器重的两员爱将，是公司里的两根栋梁。说起来，两个人各方面的条件也都差不多。都是名牌大学毕业，都接近三十岁，都英俊潇洒，都精通本部门的业务。更重要的是，两个人都把精力放在了事业上，都没有成家。更耐人寻味的是，两个人都各有一个年轻漂亮的女助手。于得水的助手叫盖萃萃，董乐山的助手叫白萍萍，都美不胜收。总经理的观点是，漂亮女人也是生产力。

说起来，“漂亮女人也是生产力”这个观点，还是总经理从农村带出来的。农村是一片广阔的天地，不光生长庄稼，还会生长思想。总经理是从农村长大的，小时候经常看见人拉车的场面。车是牛车和马车，人是生产队的社员。让人拉车，是为了让牛和马歇一歇。总经理看见最有力气的男社员驾车时，前面总要配上一两个年轻漂亮的女社员拉车，像纤夫那样把绳子搭在肩上。女社员饱满的屁股在男社员眼前一扭一扭的，好看极了。这样，最有力气的男社员越发有力气了，驾起车来跑得飞快。总经理有一天突然想起这件事，而且很快悟出了其中的道理，于是就把盖萃萃和白萍萍派到自己的两位爱将身边，为的是让于得水和董乐山也像最有力气的男社员那样，驾起车来跑得飞快。

总经理的这个做法收到了良好的效果。于得水和董乐山的表现太优秀了，太让人刮目相看了，简直无可挑剔。这倒让他有些为难了。最近公司准备提拔一个副总经理，于得水和董乐山都能胜任，提拔哪一个呢？总经理为难了，想来想去，还是拿不定主意。没办法，只好暂时放一放。

然而消息还是泄露出来了。于得水知道了，董乐山也知道了，公司中层的管理人员大多数也都知道了。

在这个消息泄露出来以前，于得水和董乐山的关系还是相当不错的，有人看见他们一起春游，还带着各自的助手。两对年轻的男女，玩得那叫开心。但自从传出了这个消息，两个人的关系渐渐有了微妙的变化，见面客客气气的，也不再频频聚会了。实际上他们是在心里拧上劲了，成了竞争对手，谁都不敢松懈。

就在这个关键的时刻，于得水发现他的助手盖萃萃有了怪异的举动。这个爱说爱笑的女孩子突然在于得水面前沉默了，像是有了心事。而且一下班就跑了出去。她干什么去了呢？于得水悄悄观察了一回，结果让他大吃一惊：盖萃萃和董乐山肩膀挨着肩膀，有说有笑，往小公园里去了。

于得水明白，他们肯定是谈上恋爱了。以前公司里的一些老大姐都说，看着吧，于得水和盖萃萃，董乐山和白萍萍，早晚会碰出火花来的。老大姐们的口气非常坚硬，于得水深信不疑。谁能想到是现在这种结果呢？也难怪，这些日子，董乐山整天精神焕发的，原来是谈上恋爱了。于得水叹了一口气。他知道，恋爱中的男人，士气高涨，是最不好斗的。

于得水心里很乱，几乎一夜没有合眼。他决定跟盖萃萃好好谈谈，也用不着拐弯抹角了，直来直去吧。

于得水说："萃萃，你是不是跟董乐山谈恋爱了？"

盖萃萃吓了一跳。她还以为神不知鬼不觉呢，没想到于得水这么快就知道了。她只好承认。又不是见不得人的事，承认了又能怎么样呢？

于得水阴着脸说："你这样做很不好。"

盖萃萃瞪大了眼睛："怎么就不好了呢？"

于得水说："我和董乐山是竞争对手，你不知道？"

这个嘛，不用于得水说，盖萃萃也是知道的，关于提拔副总经理这件事情，她跟董乐山已经讨论过好几回了。

"所以，"于得水说，"你不能再给我当助手了。"

盖萃萃的眼睛瞪得更大了："为什么？"

于得水说："你跟董乐山谈恋爱，提高了他的斗志，同时也削弱了我的斗志，我们俩的竞争就不在一个起点上了。"

于得水用上了军事化的语言，"斗志"，乍一听有点愣，仔细琢磨，还是很准确的。商场就是战场嘛，没有"斗志"怎么行呢？

盖萃萃是多么聪明的女人，她一下子明白了于得水的意思，非常彻底地明白了。她沉默片刻，眼珠一转，突然转移了话题。

盖萃萃说："于经理，你觉得萍萍怎么样？"

于得水没想到盖萃萃问这个问题，又不好不回答，脱口说了一句："她挺好的。”

盖萃萃笑了:“人家萍萍对你很有那方面的意思呢。”

于得水似乎有点意外，压住心跳，尽量把语调放平，说:“是么?”

“怎么不是?”盖萃萃说，“人家萍萍害羞，不好意思跟你说，就等着你去把话挑明呢?”

于得水的脸上漫起了红润，不知说什么好了。

盖萃萃兴奋得两眼发亮，赶紧说:“于经理，要是你也不好意思说，就让我去跟萍萍说吧。”

说完，不等于得水发话，盖萃萃就像蝴蝶一样飞出了办公室。

盖萃萃这个女孩子真是很能干。很快，于得水和白萍萍就谈上了恋爱。下了班，两个人肩膀挨着肩膀，有说有笑，也往小公园里去了。

除了恋爱，其他的一切都没有变。盖萃萃还是于得水的助手，白萍萍还是董乐山的助手。于得水和董乐山呢，还是竞争对手。而且，两个人处在同样的起点上，彼此的斗志都很高。

感动

放下电话，老周还在发愣，愣头愣脑地坐在椅子上，眼珠子盯着墙角，一动不动的。

最近两个月，老周经常这样发愣，特别是接到吴乡长的电话以后，眼珠子就不会动了，愣头愣脑，盯着墙角发呆。

吴乡长是乡里分管信访工作的副乡长，但习惯上大家都叫他吴乡长。减掉了一个“副”字，增加了一份尊重。

最近两个月，吴乡长经常给老周打电话。有时三天两头打一次，有时每星期打一次，内容大致都是相同的。吴乡长说：“是老周么？”老周说：“是，是我。”吴乡长笑了：“老周，忙啥呢？”老周说：“不忙，不忙啥。”吴乡长说：“那好，我请你喝酒。在家等着啊，我派车接你。”

吴乡长一而再、再而三请老周喝酒，这正是让老周心里纳闷的地方。为啥呢？没有理由啊。一个乡长，一个种地的农民，也不是三杆子能打得着的亲戚，唉，老周捉摸不透，实在是捉摸不透哇。

老周是两个月以前才认识吴乡长的。乡里修了一条路，占用了老周的蔬菜大棚，老周对经济补偿的数额有些不同的意见，找吴乡长反映一下也在情理之中。吴乡长对老周很热情，再三表示，对老周的想法和要求，乡里一定会慎重考虑的。吴乡长请老周放心，这件事反映到他吴乡长的耳朵里，就算是到头了，谁都不要再找了。吴乡长说：“老周，就算你找了县长，找了市长，到头来还不是乡里来解决你的问题？”老周想了想，点点头。吴乡长说得没错，道理明摆着嘛。吴乡长说：“老周，那就让我来办吧，好不好？”老周想了想，说：“好！”

老周认识吴乡长的当天，吴乡长就请老周喝酒了，在镇上最好的酒店。吴乡长很能喝，也很健谈。几杯酒下肚，两个人就变成朋友般的关系了。

老周的感觉很好，觉得吴乡长这人，实在，没有官架子，值得信赖。可这酒一顿一顿地喝下来，老周心里渐渐不踏实了。他觉得不好，很不好，可究竟怎么“不好”呢？又说不上来。绞尽脑汁还是说不上来，闹心了。有那么两次，两个人喝完酒，老周提出要结账，吴乡长大手一挥，一句话就把老周的念头噎回去了。吴乡长喷着满嘴的酒气对老周说：“你结账？你一年才挣几个钱？”

老周暗地里记下了一笔账，两个月里，吴乡长已经请他喝了十三次酒了，加上这一次，就是十四次了。太多了，实在是太多了。他老周担不起这个人情啊。

走出家门的时候，老周已经在心里打定了主意，一定要告诉吴乡长，这酒，不能再喝了，千万千万不能再喝了。

跟往常一样，还是在镇上最好的那家酒店。老周进了包间，看见吴乡长把酒菜都点好了。

吴乡长满脸喜色，端起酒杯对老周说：“今天是今年的最后一天，我很高兴，咱俩要好好喝一喝。”

老周知道今天是今年的最后一天，明天就是元旦嘛，可他不明白吴乡长为啥这样高兴。管它为啥高兴呢，只要高兴就好。老周端起酒杯，模仿吴乡长的动作，一仰脖，干了。

吴乡长说：“老周，来，再干一杯。”

一仰脖，都干了。

老周觉得不过意，主动提出敬吴乡长一杯。两个人笑眯眯的又干了一杯。

三杯酒下肚，吴乡长的话里就有了几分酒意。

吴乡长说：“老周，谢谢你对我工作的支持。”

老周没听懂吴乡长的话，瞅着吴乡长，眼皮翻个不停。

吴乡长说：“老周，这两个月，你没有越级上访是不是？”

老周点点头。他的确没有越级上访。吴乡长跟他掏了心窝子，他怎么能把吴乡长的话当成耳旁风呢？

吴乡长说：“这就是你对我工作的支持！”

吴乡长的话其实还是没有说透。他的意思是，如果老周越级上访，乡里就拿不到十几万的“社会稳定奖”。十几万，看起来不多，可对一个贫困乡来说，也是一笔不小的收入。但这话，他不能对老周明说。作为一个乡级领导，这点分寸他还是有的。

老周还在犯糊涂，瞅着吴乡长，眼皮翻个不停。

吴乡长打了声哈哈，很快转移了话题。

吴乡长说：“老周，说实话，你的问题，根本就解决不了。”

老周身子一颤，眼睛瞪得溜圆。

吴乡长说：“不过，换一个角度，也许还有办法。”

老周想了想说：“吴乡长，只要能解决，你换几个角度都行。”

吴乡长笑了，说：“那好吧，乡里从扶贫的角度给你五千元钱，但你要答应一个条件，从此不再上访。”

老周说：“吴乡长，你也要答应我一个条件，答应了，我就永远不上访。”

吴乡长说：“什么条件？”

老周说：“吴乡长，你以后不要再请我喝酒了，好不好？”

两个人都被对方的坦诚所感动，很快就达成了协议。感谢的话不说了，都在酒里嘛。你一杯我一杯轮流敬酒，都喝大了，醉得一塌糊涂。

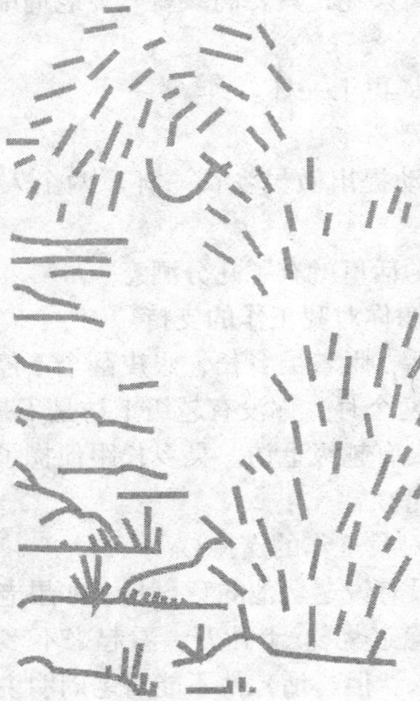

人事调整

公司里传出消息，说总经理快要下台了。这个消息有点像空穴来风，让人不敢相信，却又不敢不信。杨美德和王久花两口子的心一下子就悬起来了，有了一种说不清道不明的怕。确实是怕了。如果总经理的位置不保，杨美德和王久花在公司里的位置就很难说了。

为了认证消息的准确性，王久花在一天当中连续去了三次总经理办公室，她想看看总经理的脸色怎么样。脸色也是一种语言，一个人的心情，其实都是写在脸上的，掩饰是没有用的。何况你也根本掩饰不住。第一次，第二次，总经理的脸色都是阴的，王久花跟他说话，他连头都没有抬，嘴里嗯了两声，算是对话了。第三次去，秘书挡驾了，说总经理现在很忙，谁也不见。王久花心里“咯噔”一下，脸色也阴了，她知道，暴风雨即将来临。

晚上回到家里，王久花连晚饭也不想做了，不想做的原因是她和杨美德都不想吃。孩子好办，胡乱用一点小食品就打发了。

王久花说:“美德，外边的说法看来是真的了，咱们怎么办?”

杨美德一脸的苦笑，把脖子使劲往外抻了抻，说:“怎么办？还能怎么办？把脖子亮出来，等着人家下刀子吧。”

王久花不愿意听这种话，用白眼珠瞥了杨美德一下，说:“照你说，就是死路一条了?”

杨美德说:“死路一条。”

说起来，杨美德和王久花的担心绝不是杞人忧天。他们两口子跟总经理的关系是比较特殊的，换句话说，就是裙带关系。王久花是总经理的亲侄女，杨美德就是总经理的亲侄女婿，是实在的亲戚。王久花能当上公司的出纳员，杨美德能当上人事部主任，就是得益于叔叔的关照。总经理一旦垮了台，不管谁来接任，都不会放过杨美德和王久花。其中的奥妙不用说了。何况，仔细想想，其中根本就没有什么奥妙。

杨美德和王久花的担心很快就变成了事实。不是全部的事实，是局部的。也就是说，像“外边的说法”那样，总经理被免职了。但暂时还没有人往杨美德和王久花的脖子上下刀。

新上任的总经理很快就出台了新的政策，说要在公司上下进行一次全方位的人事调整。先从普通员工开始，然后再对中层领导进行调整。杨美德是人事部主任，调整普通员工的初步方案必须从他的手中诞生，这是毫无疑问的。

新总经理拍了拍杨美德的肩膀，笑着说:“杨主任，你肩上的担子很重啊。”

这话说的，杨美德心里一下子就有了深渊，看不见底了。新总经理是以前的副总经理，从来跟杨美德说话都是一口一个“美德”，那股亲热的劲头，像是自家弟兄一样。刚刚当上总经理，称呼就变了，还“杨主任”呢，狗屁。从“美德”到“杨主任”，是一种距离，不是靠近，而是疏远，在这一点上，杨美德不糊涂，他心里边清楚得很。

杨美德知道，新总经理要剪除异己了。叫杨美德拿出初步方案，说得好听，最终的决定权还不是在你手上？这是把杨美德拿到火苗上烤了。公司里有不少人跟原总经理有着比较微妙的关系，新总经理心里当然是清楚的，他肯定要借助这次人事调整的机会先把原总经理的喽啰剪掉，然后，再一脚把杨美德踢开。一定是这样的。杨美德想到这一层，心都凉了。可他又不甘心就这样坐以待毙，他要有所行动才行，狗急了还跳墙呢。

杨美德苦苦地思考了一夜，天亮的时候才终于拿出了初步方案。所谓初步方案，其实就是一串名单，把某某从某某岗位调到某某岗位，再把某某从某某岗位调到某某岗位，如此而已。

杨美德把王久花排在了名单的第一位，从出纳员岗位调到一线车间去了。接替出纳员岗位的，是新总经理的外甥女，一个在后勤部打杂的小丫头片子。按照这样的思路，杨美德把原总经理的喽啰都弄了下去，把新总经理的喽啰都弄了上来。

新总经理看了杨美德的初步方案，连连点头。新总经理一点头，初步方案就不是初步方案了，摇身一变，成为正式方案。正式方案当天就公布了。

王久花哭了。王久花哭着说:“美德，你怎么能往我的脖子上下刀?”

杨美德说:“往你的脖子上下刀，是为了保护我的脖子，这个道理你懂不懂?”

王久花不懂，还是哭，咿咿咿的，哭了整整一个晚上。

杨美德不理他，一个人躺在床上睡了。他太累了，是该好好歇歇了。

半个月以后，公司中层领导的调整方案也出台了。杨美德被免掉了人事部主任职务，升任总经理助理。这真是一个石破天惊的好消息，太意外了。

当天晚上，杨美德喝醉了。他摸着自己的脖子，醉醺醺地对王久花说:“你看看，我的脖子是不是还好好的?”

王久花的眼泪下来了。今天她接到了叔叔的电话，叔叔说，他当上了另外一家公司的总经理，要王久花过去当主管会计。叔叔说的那家公司，比王久花所在的公司规模大待遇好，王久花动心了。叔叔在电话里没有提到杨美德，一句话也不提。最后还是王久花忍不住了，说，叔叔，美德怎么办呢？叔叔说，美德？让他见鬼去吧！

王久花犹豫不决，要不要把这个消息告诉杨美德呢?

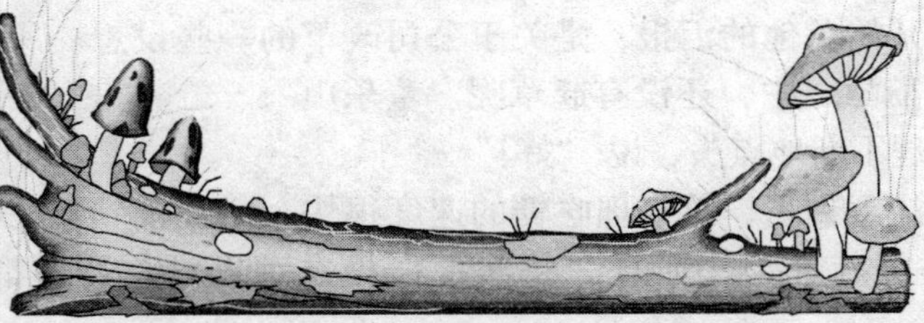

糖

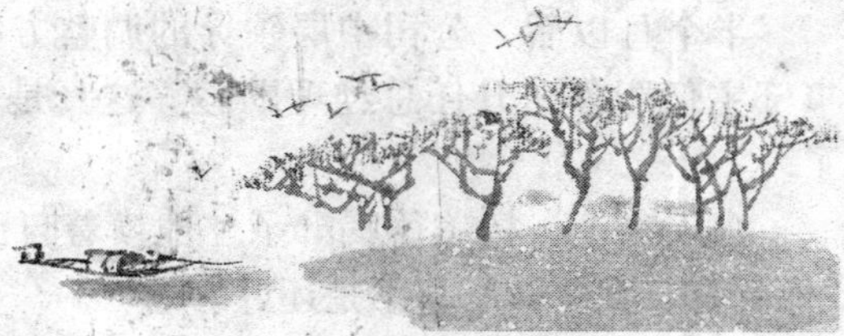

中午，董乐山参加了一个朋友的婚礼。临走的时候，朋友塞给他一包喜烟和一包喜糖。推辞不掉，只好收下了。

回到公司，董乐山直接去了总经理的办公室。总经理要跟他谈谈公司的改革方案，他不敢怠慢的。

董乐山想给总经理敬一支烟。掏衣兜的时候，不经意地把那包糖也掏了出来，随手把烟和糖都放在了茶几上。总经理像是没看见董乐山递给他的香烟，眼睛一直盯着茶几上的那包糖。董乐山拿着香烟在总经理眼前晃动了一下，发现总经理的眼珠一动不动。董乐山愣了，像是明白了什么，却又不敢确定，犹豫了一会儿，说:“老板，这是喜糖，您尝尝?”

总经理一点都没犹豫，点点头，说:“好!”

总经理把一颗糖扔进嘴里，身子仰在沙发上，嘴巴一阵乱动。

董乐山开始了他的汇报，是关于公司改革的一些设想。所谓的改革方案其实还在酝酿之中，还没有起草呢。董乐山一、二、三、四谈了自己的设想，总经理不断地点头，说:“好!”

董乐山注意到了，总经理吃糖的速度很快，一颗接一颗往嘴里扔，然后嘴巴又是一阵乱动。而且，每次把糖扔进嘴里，总经理都要说一声:“好!”

董乐山的汇报结束了。总经理嘴里嚼着最后一颗糖，说:“好!就照你说的，赶快写成草稿，明天我再看看。”

董乐山的心情好极了，可以说是心花怒放。总经理的态度出乎他的预料，他隐隐地感觉到，这是一个好兆头。

董乐山连夜把改革方案的草稿写出来了，第二天刚上班就送给了总经理。方案的草稿放在茶几上，总经理像是根本没看见，眼睛一直盯着董乐山的手。董乐山手中空空的，什么也没有。总经理伸出一只手，摸了摸董乐山的衣兜。衣兜里也空空的，什么也没有。总经理的脸色阴了下来，有了黑云压城的意思。总经理从沙发上把身子拔出来，身子一晃一晃，满地游走，一边走，一边用拳头捶打自己的胸脯，咚咚地响了不停。

董乐山小心翼翼地说："老板，您看看这个方案……"

总经理打断了董乐山的话。总经理说："不行！我说不行就是不行！拿回去，重写！"

总经理说完，还冲着董乐山龇牙咧嘴地做了一个鬼脸。

董乐山的精神头一下子就倒了。总经理的举动太不可思议了，太古怪了，太离奇了，太他妈的了……

董乐山陷入了苦思冥想，想的不是改革方案，想的是总经理，前后两天，判若两人啊。问题出在哪儿呢？董乐山的脑袋都要炸开了，就在这一瞬间，突然醒悟了，是糖！总经理爱吃糖啊。

董乐山从公司里飞了出去，很快买了一包糖回来。董乐山把糖和改革方案的草稿一起送到总经理面前。总经理飞快地把一颗糖扔进嘴里，嘴巴一阵乱动，然后又飞快地翻阅了改革方案的草稿。

总经理说："好！就这么定了！"

董乐山长长地吁了一口气。

从此以后，董乐山每天都给总经理送塘。时间长了，董乐山发现，总经理最喜欢的是水果糖，于是就专门送水果糖。吃糖的时候，总经理对董乐山是有求必应的。

董乐山说："老板，我想到杭州去休息几天。"

总经理说："好！"

董乐山说："老板，我想给您当助理。"

总经理说："好！"

董乐山的胆子大了起来，要求也越来越高了。

董乐山说："老板，我想到欧洲……"

总经理说："好！"

董乐山说："老板，我想当副总经理。"

总经理说："好！"

董乐山当上副总理经理以后，很快就感觉到自己也变了，跟总经理越来越像，嘴馋，特别喜欢糖。在此以前，董乐山对糖是不屑一顾的。

看见总经理吃糖，董乐山满嘴都是小溪，太折磨人了。董乐山开始背着总经理吃糖了。自己花钱买，也接受别人送给他的糖。说起来也怪，自己花钱买的糖味道不对，别人送的才好吃。这到底是怎么回事呢？

董乐山有一天看见他原先的助手白萍萍在吃糖，吃得津津有味，连一颗都没有送给他，非常气愤。他把自己兜里的一颗糖摁到总经理嘴里，说：“白萍萍作风太坏，应当解雇！”

总经理的嘴巴一阵乱动，说：“好！”

游戏

总经理的脑子坏掉了，让门给挤了，要么就是进水了。这不是骂他，事实就是如此。两个月以前，总经理不是这样的。那时候，总经理待人处世是多么从容啊。是一个成功男人才有的从容，是底气充足的那种从容，是骨子里的从容，不是谁想学就能学来的。那时候，总经理对待下属是非常和蔼的，都和蔼到可亲的程度了。爱开玩笑，妙语连珠的，好听。不光好听，还很好看。换句话说，总经理有时还喜欢用手开玩笑，也就是用手拍拍女秘书的屁股，这就很好看了。女秘书兴奋得满脸通红，说："死样，你轻点儿，轻点儿。"

你说，这样的总经理有多么好。

可是，总经理一下子就变了，从两个月前公司改了名字以后就开始变了，变成了另外一个人。严肃了，还动不动冲着下属大发雷霆，擂桌子，瞪眼睛，喷唾沫，不像话了。更可气的，连女秘书的屁股也很少拍了。两个月才拍了六次，特别反常了。女秘书不知道发生了什么事，心里难受，一举一动都赔着小心，脸上的红润也消失了很多。

更离谱的是，总经理聘用了一个上了年纪的员工，叫老黄。头发都白了，额头上皱纹密布，都能给女秘书当爷爷了。聘用他做什么？还"巡视员"呢，说得好听，其实他什么也不干，专门鸡蛋里挑骨头。东遛遛，西遛遛，没有他钻不进去的洞。竟然连部门经理都不放在眼里了，看着不顺眼，劈头盖脸就是一顿批评。当然有不服气的，跟老黄丁丁当当地吵起来了。老黄不懂事，你总经理不能不懂事啊。你不批评老黄倒也罢了，他年纪大，你给他留点面子，可你怎么能把部门经理给解雇了呢？

老黄的威力太大了。他到底是什么人呢？这是一个谜呀。

老黄喜欢跟部门经理闹别扭，更喜欢跟普通员工们闲聊，聊得那叫热乎。尤其爱听员工们讲述总经理和女秘书的故事，听到妙处，老家伙的眼睛都亮了，连额头上的皱纹都舒展开了。

有个别员工看出门道来了，说："这个老黄，哪是来工作呢，他就是来玩的。"

说对了，老黄还真是来玩的。一个人在家里闷，闷是不好的，对身体有害。老黄给总经理打了一个电话，说："让我到公司玩玩吧。"总经理赶紧点头，笑着说："来吧来吧，您老想怎么玩就怎么玩。"

老黄像一个幽灵在公司里到处游荡。公司的气氛紧张起来了。尤其是那些部门经理，更是战战兢兢。他们不敢跟老黄顶嘴，前车之鉴啊，那是要丢饭碗的。可他们实在又咽不下这口气，终于联起手来，到总经理面前发泄自己的不满了。

总经理拧着眉头苦笑，说："别说了，你们都别说了，回去工作吧。"

部门经理们不回去。今天他们都是"秋菊"，满脸的官司，不给个"说法"就不回去。

总经理火了："说法？你们要什么说法？嗯？"

大家默不作声，但还在坚持，脸色摆在那儿了。脸色也是一种语言，看得懂的。

总经理的口气软了下来，瘫坐在沙发上，哑着嗓子说："你们不要招惹老黄。我这个总经理还是他任命的。"

部门经理们都恍然大悟了，难怪呢。啥也别说了，都回去吧，回去。

总经理没想到，老黄最终会玩到他的头上。

老黄进了总经理的办公室，当着总经理的面在女秘书的屁股上拍了一下。太突然了，女秘书一点心理准备都没有。要是有准备，情况也许会好一点。问题是，她根本就没想到老黄会来这么一手。所以，女秘书的反应是完全出乎本能的，来不及涂抹人文色彩，哪怕是一点点的人文色彩。

女秘书说："老不死的，你想干什么？"

老黄却笑了。老黄笑眯眯地对女秘书说："你不应该这样说。"

女秘书余怒未消，说："应该怎样说？"

老黄笑着说："你应该说：死样，你轻点儿，轻点儿。"

话一出口，总经理的脸上就乌云翻滚了。

老黄把脸转到总经理这边，脸上仍然挂着笑，说："刚才，我犯了一个错误，你看到了吧？"

总经理一言不发。

老黄说:“我想请教你一个问题，犯了这种错误的员工，应该怎样处理呢?”

总经理还是一言不发。

“我来告诉你,”老黄大声说，“应该解雇!”

出乎所有人的预料，总经理辞职了。随后，总经理的女秘书也辞职了。员工们说:“两只蝴蝶飞走啦。”

更出乎预料的是，跟老黄吵嘴后被解雇的那个部门经理竟然回到了公司，坐上了总经理的位置。

老黄从公司里消失了。无影无踪。

游戏到此结束。

灰色条纹

接到老林的一个电话，连句客套话也没有，张嘴就是一个问号：你能不能帮我买几件灰色条纹的红衬衫?

老林是我的朋友，很多年的交情了。不过，最近几个月，我们之间的联系并不密切。他被提升为县政府的秘书长了，整天忙得很哪。

我让老林的问号给搞糊涂了，愣愣地说，红衬衫？你买红衬衫做什么？

老林的语气很不耐烦。他说，别问那么多，你赶紧帮我想办法。记住啊，不是红衬衫，是灰色条纹的红衬衫。灰色条纹，听见没？

我把老林的话当成了耳旁风。吃饱了撑的，拿人民群众当球耍呀，别理他！

没想到两天以后老林的电话又追过来了。他说，灰色条纹，你帮我买到了没有？

我一时没反应过来，说，灰色条纹？什么灰色条纹？

老林一下子火了，冲我怒吼，你还是不是我的朋友？嗯？是朋友，连这么点小事都不肯帮我？

我恍然大悟，肯定是为红衬衫的事，对了，是灰色条纹的红衬衫！

为了几件衬衫值得这么气急败坏么？我也火了，冲老林叮叮当当地发泄了一通。

老林倒笑了。他笑着说，文人，你真是一个文人，你永远也搞不懂官场的奥妙啊。又说，你到我这来一趟吧，咱们好好商量商量，快点啊。

我预感到，在灰色条纹的背后，肯定还有别的什么勾当，不然老林对这事绝不会这么上心。我不敢怠慢，急急忙忙赶过去了。

说实话，我这是第一次到老林的办公室里来。刚进门就吃了一惊，老林的办公室太气派了，而且，是套间。

我指着套间的门问老林，那间屋子，是你的会客室？

老林摇摇头，鄙夷地看了我一眼，说，什么会客室，那是更衣室。

我的嗓门顿时高了起来，说，老林你太腐败了，你真是太腐败了。

老林冲我直摆手，说你小点声小点声，这不是我的更衣室，是领导们的更衣室。

我觉得很奇怪，怎么回事呢？

老林一脸的诡秘，说，你跟我来，我让你长长见识。

我尾随老林进了更衣室。更衣室里满满当当地摆放了一溜高档的衣柜。老林把衣柜的门全部打开。这一下我可是大大地吃了一惊。我看见衣柜里挂满了各种颜色的西服领带，还有各种颜色的衬衫，加起来有上百件之多。

我满腹狐疑，嘴上却滑出一句俏皮话，怎么，要搞领导干部选美比赛？

老林拍了我一巴掌，说，你胡说些什么？这是工作需要！

真的是工作需要？

真的。老林说。

老林说了很多。从老林的喋喋不休里，我终于搞懂了一点点"官场的奥妙"。这个奥妙的核心是，在一些重要的场合，公开的场合，下级的着装要跟上级保持一致。即使不能完全一致，也要大体上保持一致。

为什么要这样呢？

老林说，官场上的事，你不要总问为什么，存在的就是合理的，你连这个也不懂？

我想起几年前在小县里广泛流传的一种说法，"大官小官，一码夹克衫；大肚小肚，一律体形裤"，忍不住笑了起来。

老林接着说，每次省市的领导下来视察，我的主要任务是提前跟他们的秘书取得联系，弄清楚省市领导穿什么颜色的西服、衬衫，打什么样的领带，然后再把这个消息汇报给县里的领导。

说到这里，老林笑了。他笑嘻嘻地说，听了我的汇报，领导们就会排着队到我这里换衣服。

噢，原来是这样。那么，灰色条纹是怎么回事？

是这样的，老林说，前不久，市里一位领导下来视察，穿了一件灰色条纹的红衬衫，谁也没见过，搞得县里很被动。我派人到市里，到省城，甚至到北京，走遍了大大小小的服装店，愣是没有买到。我叫你来，是想问问你有没有外省的朋友，我想让他们帮忙买几件。

我说，市里的领导已经回去了，还买它做什么？

老林瞪大了眼睛说，过些日子，他要是再来呢？

老林的话的确有些道理，我无言以对。过了一会儿，我突然眼睛一亮，对老林说，怎么不问问他的秘书，那件灰色条纹是从哪儿买的？

老林一拍脑门，赶紧抓起了电话。絮絮叨叨了一阵子，老林放下电话说，完蛋了，灰色条纹是在美国买的。

眨眼工夫，老林又拍了拍脑门，自言自语地说，要不，我到美国去看看？

那一瞬间，我以为自己变得绝顶聪明。我说，老林，别想这事了，既然买不到，县领导肯定不会怪罪你，市领导呢，也许不会再穿它了，你说是不是？

老林瞥了我一眼，意味深长地说，文人，你真是一个文人。

说完，老林递给我一支香烟，他自己也点上一支。

很快，在我们的头顶上，有两团灰色条纹的烟雾弥漫开来。

孬种

李老汉两口子这一年多可真是闹心。怎么这么说呢？女儿李月娥出嫁不到两年，突然脸色苍白地回来了，胸前还兜了一个吃奶的孩子。回来也不要紧，回娘家嘛，很正常。可李月娥回来以后就不走了，死活不肯回她的婆家大王庄去。说起来，她还真就没法回去。她男人跟村长怄气，一时鬼迷心窍，喝农药死了。一个男人，选了一个娘们唧唧的死法，真让人倒胃口。李月娥没法在大王庄住下去了。男人的死法太丢人了，让她抬不起头来啊。

男人死了一年多，李月娥也没有原谅他。一想起来就生气，一生气就要骂他："那个孬种，死了干净！"骂完了哭，不是哭她的死男人，是哭自己："我的命咋这么苦啊？"

李老汉也跟着骂："那个孬种，死了干净！"骂完，不停地叹气。

李老汉的老婆表现得还可以，女儿骂人的时候，她默不作声，女儿哭的时候，她倒是跟着哭了："我们月娥的命，咋这么苦啊？"

这一年多，不是没人给李月娥做媒，但李月娥一个都不想看。她不是想当什么贞节烈妇，她犯不上为那个死去的孬种守一辈子。她很后悔，后悔当初自己挑来捡去，竟然找了那么个没出息的东西。也不是她眼光高，一个寡妇家，还有挑挑拣拣的资本吗？她的资本，早让那个死鬼男人糟蹋光了。她横下了一条心，不要金，也不要银，只求找一个有血性的男人顶起房梁，她要挺起腰板再好好地做一回人！

有媒婆进门，李月娥总是变着法儿讨媒婆的口风，想弄清楚男人的底细。一定要弄清楚才行！江山破碎的女人已经不知道什么叫羞涩了。

天底下的媒婆都是一个德性，总是尽着法儿说对方的好话，竭力把双方往一起撮合。说起来，不这样也不行。陌生男女之间本来就是存了戒心的，小心翼翼、探头探脑地往一起靠近，这时候，最经不起坏话的打击。

媒婆摸不透李月娥的心思，总是把话给说拧了。

见了媒婆，李月娥肯定要问一句："人怎么样？是个老实人吗？"

媒婆的回答大同小异："人不错，老实巴交的，树叶掉下来怕砸破脑袋，过了门准听媳妇的话，这一点你放心。"

媒婆以为这样说准能让李月娥高兴。可李月娥一听心里就凉了。又是一个孬种，不见也罢。嘴上却不能不客套一下："大婶，让你费心了，我的孩子还小，这事儿，过两年再说吧。"

就这样，推了一个又一个，都是孬种。想起来李月娥就伤心，怎么天下的孬种都让我一个人碰上了？观音菩萨，你睁开眼睛看看吧，我的命咋这么苦啊！

渐渐的，有人对李月娥不满了，说，她李月娥也不撒泡尿照照自己，一个小寡妇家，还以为自己是黄花大闺女哪，眼珠子长到了脑门上，哼！

这种情绪也影响到了李老汉两口子。

李老汉说："月娥，差不多就嫁了吧。"

李老汉的老婆也说："月娥，别拖了，你拖不起呀。"

李月娥不，就不！找不到有血性的男人，她宁愿臭在家里，烂在家里，她豁出去了！

好消息终于传来了。一个三十多岁的光棍，听说蹲过几年监狱，放出来还不到两年，干点小买卖，日子过得还可以。

李月娥在心里核计，蹲过监狱的人，肯定是有血性的，有脾气的，是欺负别人的人，而不是被别人欺负的人。这样的人，真是磨掉了鞋底也难找啊。

李月娥的胸脯开始起伏了，一鼓一鼓的，像是要把什么东西给涨破。她兴冲冲跟着媒婆去了那个光棍家里。媒婆给他们介绍过了，喝口水，撇几句闲嗑，就找个借口躲出去，扔下一对孤男寡女自己谈。买二斤青菜还要谈谈价钱，何况终身大事，不谈谈怎么行呢？

李月娥一开口就谈到了本质问题。她说："听说你蹲过监狱？"

光棍愣了一下，显得有点忸怩，有点不好意思，把头低下去，小声说："是。"

得到了肯定的回答，李月娥的眼睛亮了起来，连鼻子尖也跟着亮了起来。她呼地一下站起身，冲到光棍身边，抬手给了他一个响亮的耳光。

这个耳光来得太突然了，太莫名其妙了，光棍傻了吧唧捂着自己的半边脸，怯怯地看着李月娥，支支吾吾地说:“你，你，打我?”

李月娥说:“我打你又怎么样?”

光棍还是支支吾吾:“你，凭啥，打我?”

李月娥瞪起了眼睛:“我就是要打你！你不老实，我怎么敢死心塌地跟你过日子?”

听李月娥这样说，光棍刚刚抬起的头又软丢丢地掉了下去，小声嘟哝:“我现在很老实。不信，你出去打听打听……”

李月娥鼻子尖上的亮光慢慢收了起来，眼睛里边的亮光也慢慢地收了起来。没有必要再谈下去了。她一转身，硬硬地离开了光棍的家。

李月娥扑到母亲怀里号啕大哭。已经是做了母亲的人了，还像一个小孩子似的，哭得没了方寸。

李月娥哭着说:“我打他一个耳光，他都不敢还手……”

李月娥哭着说:“他要是敢打我一个耳光，我很可能会嫁给他。他要是敢打我两个耳光，我马上就嫁给他……”

李老汉进了家门，见到这阵势，心里明白了。得，还用问吗? 肯定又是一个孬种！

柴禾垛

大学毕业的前一个学期，我回到老家红嘴堡搞社会调查，我想把土地联产承包责任制在村子里的实施情况做个详细的总结，以便顺利完成我的毕业论文。

连续很多天，我一直跟村党支部书记李好汉混在一起。我知道，我需要的情况都藏在他的脑子里。我想用唾沫星子诱导他把我所需要的东西一口一口吐出来。我希望他吐得越快越好。而他呢，似乎看透了我心里的勾当，慢慢悠悠的，每天都介绍一点点，然后东拉西扯净说些没用的。

李好汉是一个很狡猾的人。他迫使我每天都跟在他的屁股后头，在村子里到处乱逛。我是村子里的第一个大学生，也是唯一的一个，大家都认为我很了不起。一个很了不起的人整天跟在李好汉的屁股后头，像一粒应声虫似的，他李好汉是不是更了不起？我觉得他心里肯定是这么想的，但我又不能把话挑破，我不能不给他留点面子。我们是一个爱面子的民族，你不小心伤了谁的面子，他会用自己的满腔热血恨你一辈子，你说是不是？

李好汉却不肯给王寡妇留一点面子，让我或多或少感到有些意外。

是黄昏的时分，我和李好汉正坐在他家的院子里闲谈，王寡妇来了。王寡妇在院子门口就大声嚷嚷开了："李书记，瘪茄子打人你管不管？"

嗯？李好汉愣了一下，扭头看了一眼王寡妇，说："瘪茄子敢打人？他打了谁？"

"他打了我，李书记你管不管？"

王寡妇一边说着一边舞动着手里的两根柴禾棒。李好汉看着她，突然嘿嘿地笑了起来。

李好汉一边笑着一边说："瘪茄子敢打你？笑话！你是村子里有名的泼妇，瘪茄子敢打你，他就不是瘪茄子了。"

王寡妇显然对李好汉的话很不满意，她一扬手，把手里的两根柴禾棒扔到李好汉家的柴禾垛上去了。她用刚才握着柴禾棒的手捂住自己的脸，对李好汉说："他真的打我了。他给了我一个耳光，我的脸到现在还火辣辣地疼。"

李好汉收了脸上的笑，对王寡妇说："你先回去吧，过一会儿我就去处理这件事。"

王寡妇扭身往门外走，走了两步，又折了回来，走到李好汉家的柴禾垛旁边，抽出两根又粗又长的柴禾棒，冲他晃了晃说："李书记，这两根，是我的。"

李好汉不耐烦地摆了摆手，说："是你的，是你的，赶紧拿走吧。"

王寡妇走了，李好汉狠狠地吐了一口唾沫，自言自语地说："这个操蛋老娘们！"

李好汉紧接着站了起来，对我说："走吧，咱俩到瘪茄子家去一趟。"

在瘪茄子家的猪圈墙边，李好汉围着瘪茄子转了一圈，对他说："能耐不小哇你，敢打王寡妇。说说吧，为什么打她？"

瘪茄子低着头小声说："我到大西沟打了一车柴，走到她家门口掉了一捆，她抱起来就走。我说那是我的柴，她说凭什么说是你的，你叫它一声看它答不答应？我说你这个人怎么不讲理？她说……就这样，我跟她吵起来了。"

"为了一捆破柴禾你就打她？"李好汉的声调很冲，他显然是生气了。

瘪茄子说："不是为了柴禾。她说你对一捆破柴禾这么上心，有能耐把你老婆的裤腰带看紧点……她这样说，我才打她。"

李好汉点了点头说："王寡妇的臭嘴总是胡咧咧，你打得好。"

停了一会儿李好汉又说："你打了她一个耳光是不是？你想想，你打的是哪半边脸？"

瘪茄子想了一会儿说："我是用右手的手背打的，应该是她的右半边脸。"

李好汉说："你现在就去告诉王寡妇，就说是我说的，她要是再敢出去胡咧咧，我也要打她一个耳光，我要用右手的手掌打她的左半边脸。"

往回走的时候，我对李好汉说："李书记，你这样做，是不是有点偏听偏信呢？"

李好汉说："不。我信瘪茄子的话。他是一个老实巴交的人，他不敢说假话。如果不是王寡妇激怒了他，他是不敢动手的。"

李好汉叹了一口气说:“王寡妇那个人，说起来也挺可怜，孤儿寡母的，日子过得不容易。手脚有时不太干净，我睁一眼闭一眼就算了。可她那张臭嘴太爱搅弄是非，不杀杀她的气焰不行。”

李好汉接着说:“明天你有没有时间？有时间的话，帮我到大西沟去打点柴好不好?”

我犹豫了一会儿，点点头，算是同意了。

那时候正是初冬的季节，家家户户都忙着打柴准备过冬。可李好汉家的柴禾垛已经摞得比房顶还高，他干吗还要打柴呢?

直到第二天黄昏我才把谜底揭开。

我和李好汉用了差不多一天的时间打了满满一大马车柴禾。把马车赶进村子，在离王寡妇家不远的一块空地上，李好汉把柴禾卸了下来。

我很纳闷，干吗要把柴禾卸在这里呢?

李好汉说:“这是我家的菜地。”

我仍然不明白，但没有追问下去。

摞好了柴禾垛，我和李好汉都坐到马车上喘了一会儿粗气。

我说:“好大的一垛柴禾。”

李好汉点上一支烟，一边抽一边说:“这些柴禾，够王寡妇烧一冬天的了。”

这些柴禾原来是给王寡妇打的。可李好汉为什么不把柴禾直接送到王寡妇家里去呢?

李好汉说:“不能直接送去。王寡妇那张臭嘴肯定到处胡咧咧，她一咧咧，什么好事都会变味儿。”

李好汉连吐了两口烟圈儿，突然哈哈大笑起来。他笑着说:“为昨天的事儿，王寡妇肯定记恨我。来偷柴禾的时候，她心里不知咋高兴哩。”

看见李好汉那个兴高采烈的样子，我也忍不住哈哈大笑起来。

吉林的黄豆

在我老家的小村子里，这几年竟然也有了一些打工仔。数量不多，每年都有三四个，或者五六个的样子，都是从吉林来的。村里人不问他们的名字，一律叫他们“吉林”，姓张就是张吉林，姓王就是王吉林。

老家是一个半渔半农的村庄。一些人靠打鱼为生，另一些人靠种庄稼。来打工的“吉林”们都是奔着渔民来的，到他们的船上当渔夫，按出海的天数计算工钱。村里的渔民也愿意雇用他们，工钱比雇用本村的人相对要少一些。

我是从农村长大的，这些年也经常回老家，对农村的事情还是很了解的。我发现了一个比较有趣的现象。在我老家，渔民在内心深处是有点瞧不起农民的，对那些远离大海的农民他们就更瞧不起了，说他们是“屯里的”。小时候，我经常听见在渔船上当船长的大哥用轻蔑的口气谈论农民，印象非常深刻。不知为什么，我心里也有点自豪，好像渔民的弟弟也高出农民一等似的。

话说得远一点，甭管渔民还是农民，都让住在附近小镇上的人瞧不起。当然，小镇上的人也是让另外一些人瞧不起的。这是没有办法的事。

到村里来打工的“吉林”们虽然都当上了渔民，但由于他们是外来人，身份又是“屯里的”，所以在村里的地位最低，心气傲慢的人很少拿正眼看他们。他们租一些破房子或者小偏厦子之类安身。没有菜地，又不舍得花钱买菜，个别人有时候会不经同意就到谁家的菜地里砍几棵菜吃，为这，闹出过一些纠纷。这样一来，村里人就开始讨厌他们了。

他们当然不甘心被人歧视，早早晚晚，我亲眼看见过他们中的几个人在村头的空地上练武，舞弄三节棍和大刀片什么的。我不懂武术，我也不觉得他们会什么武术。我倒觉得，他们这样舞来弄去，仅仅是给自己壮胆而已。

当然也不是所有人都讨厌他们。我大哥就是一个例子。大哥对那些“吉林”们都挺好，没菜吃说一声，大哥的菜地就成了“吉林”的菜地。比这更过分的是，大哥对其中的张吉林和王吉林似乎比自己亲兄弟还好，经常请到家里一起喝酒。吆五喝六的，常常能喝到月明星稀。为这事儿，四哥私下里跟我说过不止一次。

四哥说：“你看看，大哥请什么人喝酒。”

我还真就看到过一次，是回老家的时候碰上的。大哥在酒桌上唾沫飞溅吹嘘他的海上捕鱼经验，两个“吉林”连连点头，还说什么要是大哥有一条船就好了，他们会在船上好好为大哥干活。

非常遗憾，大哥早就不是船长了。生产队解体以后他就不是了。他的经济实力是置办不起一条船的。倒是有船主聘他当船长，不到两个月，跟船主意见不合，赌气不干了。他的捕鱼经验也就成了明日黄花，再也没有了绽放的机会。

大哥一个劲地吹嘘他的过去，是不是可以获得些自尊心上的满足？

也许，正是由于两个“吉林”喜欢听大哥吹嘘，大哥才频频请他们喝酒吧？

两个“吉林”是真的喜欢听大哥吹嘘么？

还有很多疑问呀。

那天晚上，不知怎么，说起了吉林的黄豆。可能是由一盘炖豆腐引起的。两个“吉林”说，吉林的黄豆如何如何好，做豆腐，做豆腐皮儿，嘿，好得没边儿啦。他们邀请大哥冬天的时候到吉林走一趟，到他们的家乡去，带一些比金子还黄的黄豆回来。

听口气，两个“吉林”像是一个村子里出来的。他们拍着胸口说：“大哥，到俺们那疙瘩去，看看俺们怎么招待你！”

说到尽兴处，连连碰杯，几瓶白酒很快就见底了。

我觉得没意思，提前退出了酒席。

没想到，那年冬天，大哥还真就到吉林去了一趟。冬天不能出海，来打工的“吉林”们只能回老家去猫冬。张吉林和王吉林给大哥留了地址，大哥拿着地址就去了。他为什么要去呢？真的是为了黄豆？要知道，从我老家到吉林的省会长春，火车需要整整跑一个晚上，还要转几趟汽车，来回的路费能买来多少黄豆？

听四哥说，大哥这次的吉林之行是受了伤回来的，伤在头部和脸上。怀疑是张吉林和王吉林干的。黄豆嘛，自然是一粒也没有带回来。具体的细节，四哥说不清楚。大哥心里是清楚的，但他什么也不说。

我猜测，大哥到了吉林，还用居高临下的态度跟两个“吉林”说话，人家听者不顺耳，争执起来，以至于动了手。

我还想到，张吉林和王吉林不会再回来了。果然是这样，第二年春天，到了下海捕鱼的季节，村子里看不见张吉林和王吉林的身影。当然会有别的“吉林”过来，不过大哥不再请他们喝酒了，同时对自家的菜地也严加看管起来。听大嫂说，有时深更半夜的，大哥还要到菜地里转转。